鬼人幻燈抄

番外編

夏樹の都市伝説集

双葉社

きじんげんとうしょう
ばんがいへん
なつきのとしでんせつしゅう

中西モトオ

鬼《き》人《じん》幻《げん》燈《とう》抄《しょう》　番外編

夏樹の都市伝説集

夏樹の都市伝説集

目次

装幀　bookwall(築地亜希乃)
装画　Tamaki

八尺様がついてくる

週末、藤堂夏樹《とうどうなつき》は両親と共に親戚の家に遊びに行った。

伯父に当たる人物が田舎暮らしに憧れて、今は地方に移り住み農業を営んでいる。父は昔から兄弟仲がよく今でも交流があって、たまには田舎で過ごすのもいい経験になるだろうと夏樹を連れてきたのだ。

夏樹は学生だが派手な遊びをするタイプではなく、自然の溢《あふ》れる場所でのんびり過ごすのは性に合っていた。伯父は優しく近所には従妹も住んでいるので、この土日は十分に楽しんだ。二日目は早めに夕食をとって、伯父たちにしっかりとお礼を言ってから田舎を後にする。自宅までは、車で四時間半程度。運転している父には申しわけないが、一寝入りしようと夏樹は目を瞑《つぶ》った。

しかし、車が走り始めて十分も経たないうちに、どこからか奇妙な音がした。

『ぽぽ、ぽぽっぽ、ぽ、ぽっ……』

窓の向こうには、夜の闇が広がるばかり。音を発するようなものは目に映らない。なのに確かに聞こえてくる無機質で不気味な音。違う、あれは音ではなく声だと理解する。スピーカー越しのようなくぐもった声が、ずっと耳にまとわりついていた。

「父さん、なんか変な声聞こえない？」

「え？　いや、特には」

そっか、と夏樹は不思議に思いながらも気付けば声は聞こえなくなっており、それ以上話を続けなかった。

ただの気のせいだと自分に言い聞かせ、もう一度眠りにつくことにした。

最後に、横目で窓の外を眺める。

一瞬だけ目に映り景色と共に消え去ったものが、何故か脳裏に焼き付く。

それは、壊された地蔵だった。


夏樹の通う兵庫県立戻川《もどりかわ》高校のすぐ傍には、その名の通り戻川《もどりがわ》という大きな川が流れている。もともと川が氾濫した時の避難場所である高台に学校を建造したという経緯からか、戻川高校には市やこの土地の古い名家からの援助が多く、学問でもスポーツでもさほど有名ではない県立校でありながら設備は近隣の高校に比べて随分と充実していた。

校門へと続く歩道にはガードレールがなく、市の援助で植えられた銀杏《いちょう》の木がその代わりをなしている。入学当初は珍しく思ったが、今では特に気にするようなものでもなくなっていた。

休み明け。昨夜は眠る時に寒気を感じたくらいで特に異変はなかったため、夏樹はいつも通り幼馴染《おさななじみ》の根来音久美子《ねくねくみこ》と共に登校した。

久美子とは七歳の頃からの付き合いで、夏樹は「みこ」、彼女の方は「なっき」と愛称で呼び合うくらいに仲がいい。同じ高校に入学して同じクラスになり、そのうえ隣の席になるという快挙をなしとげたのだから、お互い縁があるのだろう。さらに言うなら、高校二年生に上がった現在も同じクラスで隣同士だった。ここまでくると神憑《かみがか》っている、いやいや悪魔に憑《つ》かれている、などと二人で笑ったのをよく覚えている。

夏樹にとっては性別関係なく久美子が一番の親友であり、何かあれば必ず相談するようにしている。奇妙な音についても伝えたのだが、彼女の反応は芳しくなかった。

「なっき、それやばいって……冗談だよね？」

「いや、掛け値なしに本当」

「うわぁ……」

昼休み、二人はいつも教室で昼食をとる。相談も食事をしながら軽い雑談のように切り出したが、久美子も声の主に心当たりがあるらしく嫌そうに顔をしかめていた。

「なあ、みこ。やっぱりさ、『八尺様《はっしゃくさま》』だよな？」

「だよねぇ。なっきは、相変わらずの都市伝説運だなぁ、もう」

「都市伝説運ってなんだ」

八尺様とは、ネット上の某オカルト掲示板を賑わせた、非常に有名な都市伝説だ。

かつて、ある投稿者が高校生だった頃の話を書き込んだ。

春休み、父親の実家に滞在していた投稿者が縁側で休んでいると、『ぽぽぽ、ぽっぽぽ、ぽっ……』という奇妙な声が聞こえた。声の方向を見ると、垣根の間から白いワンピースを着た大きな女が立っているのが見えた。

不思議に思い祖父母に聞くと、二人は凍り付いた。その女は「八尺様」といって、魅入った人間をどこかに連れて行ってしまう化け物らしい。八尺様の見た目は見る人によって変わり、喪服を着た若い女だったり、留袖《とめそで》の老婆だったりするそうだ。ただし、「異様に背が高い女性」と「奇妙な声でしゃべる」点は共通している。八尺様は地蔵で封印されているので、この地区から外には行けないとも祖母は語った。

基本的には悪霊と似たような性質を持っており、お札《ふだ》や盛り塩で対抗することはできるのだが、一晩で塩が真っ黒になってしまうほど強い力を持っている。また、窓を叩いたり誰かの声マネをして対象者を騙そうとしたりもするそうだ。

怪異に目を付けられてしまった投稿者だが、一晩を祖父のくれたお札や塩でしのぎ、その地区から帰ったおかげでどうにか無事逃げ切ることができた。

しかし、その出来事から十年後、祖母から連絡が入った。八尺様を封じている地蔵が、何者かに壊されてしまった。こうして地蔵に縛られて一地区に留まっていた八尺様は、全国で見られるようになったのである。

夏樹が聞いた『ぽぽぽ……』という声は、まさしく八尺様の特徴だ。他にも病的に肌は白く、目は血のように赤い。白の帽子と白の衣装、人並み外れた高い身長が特徴で、その容姿は美しいとされる場合も多い。全国に出没するようになった後の八尺様は、数年から十数年に一度、目を付けた子供を取り殺すのだという。それが間違いでなければ、夏樹にのみ声が聞こえた理由は簡単だ。

「俺さぁ、もしかして目ぇ付けられた？」

「まず、間違いなく。とりあえず今日は絶対、何があっても一緒に帰るからね」

「いやいや、何だよいきなり」

「お話では、八尺様は気に入った男の子を攫《さら》うらしいし。私がいたら来ないかもしれないじゃん」

久美子がさらりとそんなことを言う。幼馴染の優しさに感謝しつつも、夏樹は首を横に振った。

「いや、一人で帰るよ」

もしも本当に八尺様が自分に目を付けたと言うのなら、彼女を巻き込むことはできない。しばらくは一人でいた方がいいだろう。何も起こらなかったら、それでよし。起こったとしても、単独で動いていれば久美子に被害は出ないはずだ。

「なに言ってんの？　いい、私はね」

「はい、話はここで終わり！　俺、ちょっと図書室行って来るから！」

残った弁当を無理矢理口に詰め込み、片付けもそこそこに廊下へと飛び出す。後ろから叫び声が聞こえたような気はしたが、知らないふりをして一気に駆け出した。

図書室に行くというのは、別に嘘ではなかった。八尺様についてもう少し詳しく調べておこう。何か、対抗策があるかもしれない。

放課後。夏樹は、久美子とかち合わないように帰路へついた。

昼休みと五限目の授業時間を使って、図書室でパソコンやら怖い話の本、果ては『遠野物語』なんてものまで読みふけったので、八尺様についての情報はある程度得られた。しかし肝心の解決策はなく、陰鬱な心持ちでの下校となってしまった。

怖い話なんて大抵がフィクション。実際には、何にも起こらない。そう言い聞かせても気持ちは晴れない。実は、対抗する手段はないではない。クラスメイトの中には、この手の怪異関連の荒事《あらごと》に慣れた男子生徒がいる。ただ、初手から頼るのは、これまでの経験上違うと思ってしまうのだ。

ともかく、さっさと帰ろうと夏樹の足取りは次第に速くなっていく。校門前の銀杏並木を抜け、戻川を渡り市街地へと入る。小さい頃に久美子とよく遊んだみさき公園を通り抜け、あと少しで家に辿り着くというところで、またも背後からあの声が聞こえてきた。

ぽ、ぽぽ、ぽぽぽぽぽぽぽ……。

「やべっ……」

咄嗟《とっさ》に帰路から外れ、声から遠ざかるように走り出す。だけど意味はなかった。かなりの距離を走ったのに、夏樹の向かう先、その塀の向こうに女性の姿があった。白い帽子をかぶった、尋常ではない巨躯《きょく》。白のロングドレスも合わせて、まるで地面から白い影が生えているように見える。

ぽっ、ぽぽ、ぽぽぽぽ。

今度は逆の方向に逃げる。

夏樹は背を向け、
ぽぽ。

一歩を踏み出し、
ぽぽぽ。

かの怪異を置き去りに駆け――

ぽぽぽぽぽぽぽぽぽ。

――抜けたはずなのに。

耳元で聞こえる声。ダメだ。見てはいけない。分かっている、そっちを向くな。

頭ではそう考え、しかし夏樹は誘われるように横を向いてしまった。

ぽぽ、ぽぽぽぽぽぽ。

吐息のかかる距離に怪異がいる。

八尺様は既に夏樹の体を掴《つか》み、壊れた笑いを浮かべていた。

「あ――――」

叫び声を上げることもできず、夏樹は体勢を崩して路上にそのまま倒れ込んだ。仰向けになり、けれど空は見えず。見上げた先には、八尺様の顔だ。危機に瀕しているのに、その表情を見た途端、恐怖が薄れていく。

病的に白い肌、異形《いぎょう》の証明たる赤の目。八尺様の顔は、端正といってもいいくらい整っている。

それが歪むほどの壊れた笑みは、何故だろう、泣くのを堪《こら》えているように見えた。

「ああ、そっか……」

違う、寂しそうなのだ。夏樹は八尺様について調べていくうちに確かに怖いと思ったが、それ以上に寂しいと思っていた。

昨今は、都市伝説を美少女や美女化するイラストや漫画も多いが、それは荒唐無稽なことではない。むしろ伝承を紐解いていくと、美しく可愛らしい容姿をしていると考えた方が自然だったりする。

例えば八尺様は家事が得意で、少し寂しがり屋なところのある美しい娘だ。この怪異にまつわる説話に触れていけば、どうしたってそういう結論にしか辿り着かない。

八尺様が広く世に知られるようになったのは、言うまでもなく、とある掲示板に投稿されたからである。その実在に関しては長らく議論されているが、八尺様を作り話とする者たちは根拠の最たるものとして『遠野物語』をあげる。八尺様は遠野物語などに登場する山姫・山女をモチーフに作られた創作である、というのが主張である。

山女は各伝承により性質に差異はあるものの、多くは長い髪を持つ色白の美女とされる。その話の中で一番気になったのは、遠野物語に登場する山女が、しばしば山男によって攫われて元の場所に戻ることを許されない単なる村娘として描かれている点だ。山女というのは、そもそも怪異ではなく普通の人間。それが山男に攫われ、山に囚われることによって山女という化生《けしょう》へと落ちてしまう。もはや故郷に戻ることは叶わない。既に彼女は人でなくなってしまっていたから。

おそらく山女と八尺様の最大の共通点は、ここだろう。地蔵によってある一定の地区に封じられた八尺様と、山男によって山へ攫われた山女。彼女らは、自らの意思をもってそこから出る手段を持たない。即ち山女にしろ八尺様にしろ、帰る場所を持たない女なのだ。

だから、もしも八尺様のルーツが山女ならば、それはとても寂しいことだ。もし八尺様＝山女ならば、彼女は山に囚われて帰ることもできず、化生となってからは人によって地蔵に封じられたということになる。そのうえで単なる恐怖の対象と見られ、果てには単なる創作物でしかないと言われることになった。

人として生まれて怪異に攫われ、あやかしに身を堕として都市伝説となり、最後には架空の存在と見なされた哀れな女。それが八尺様という怪異だ。

「それじゃ、寂しくて当然だよな」

感傷が自然に夏樹の体を動かした。すっと手を伸ばし、八尺様の頬を撫でる。彼女に反応はなく、けれど構わず語りかける。

「あんたが若い男ばかり攫うのって、もしかして伴侶が欲しいからか？」

長い歳月を一緒に越えてくれる、片時も離れぬ誰か。彼女が全国をさすらうのは、あるいは寂しさを埋めてくれる誰かを探していたからなのかもしれない。いや、それはさすがに発想が乙女すぎるだろうか。

そんなことを思いながら、夏樹はだらんと両腕を放り出して目を閉じた。恐怖ではなく、死を覚悟したわけでもない。ただ、逃げなくても大丈夫だとなんとなく察せた。

吐息がかかる。見えなくても、八尺様が近付いたのだと分かった。けれど決定的な瞬間はいつまで経っても訪れない。

そうして身構えてから実に一分。いまだに夏樹は無事だった。

うっすらと目を開ける。そこに八尺様はもういなかった。


今では古い言い方だろうが、男運・女運という表現がある。よい相手との巡り合わせを指す言葉だが、それに倣《なら》えば夏樹は「都市伝説運」がいいのだろう。

昔から怪異とは縁が深かった。祖父のように慕っている男は鬼だし、義姉は呪われた存在で、幼馴染だってその類だ。都市伝説との遭遇率も非常に高く、しかし危機的状況に陥ったことが一切ない。彼に退魔よろしく特殊な力が備わっているわけではなく、単に出会う都市伝説がみんな邪悪な存在ではなかったからだ。

化け物と戦わないし、恐怖から逃げるようなこともない。夏樹にとって怪異とは、ちょっと不思議な隣人といった印象だ。八尺様も、少し切ないけれど優しい子というだけだった。

「ほんとよかったぁ。あんま心配させないでよ」

夏樹は久美子と一緒に下校している道中で、先日あったことを打ち明けた。

結局、八尺様に命を奪われることはなかった。だからといって彼女が消えたわけではない。相変わらずネット上では、巨大な女の怪異譚《かいいたん》が語られている。

自分が助かった理由を考える。それはきっと、あの時、彼女の頬を撫でたからだ。周囲に話せば、その程度のことで助かるなんて有り得ないと言われることだろう。けれど、本当は逆だったのだと思う。「その程度で助かった」のではなくて、「その程度で救われてしまうほど、彼女は寂しかった」のではないか。

真実は彼女のみぞ知るというやつだが、そう結論付けることにした。だってその方が、救いがある。怪異へと堕ちてしまった名もなき少女の心が、八尺様に残されているのだと信じていたかった。

「八尺様ってさ、ネットだと美少女化されたイラストが多いよな」

「うん、そうだね」

「実はあれ、理由がちゃんとあるんだよ。八尺様のルーツである山女は、化け物に攫われて嫁にされるくらい綺麗な女の人だ。それまで家を切り盛りしていた人でもあるから、当然家事にも秀でている。怪異になってからも色白の美女だと明確に語られている。なら、当然八尺様も家事が得意な美少女になる。あの手のかわいい系のイラストは、ネタにしたというよりむしろ原点回帰なんだ」

「その理論、致命的に間違っている気がする」

論点は美少女化自体ではなく、なぜ都市伝説は美少女として描かれるのかだと滔々《とうとう》と語ってみせたが、軽く流されてしまった。

「ところでさぁ、なっき。あれ、どうにかなんないの？」

振り返ることなく久美子が後ろを指差す。

「ぽぽ、ぽぽぽぽ……」

視線を向ければ、塀からひょっこりと顔を出す八尺様の姿があった。

「あぁ、どうにもなんないなぁ」

夏樹は八尺様に殺されることはなかったが、すべてが今まで通りとはいかなかった。時おり塀を超えるほど背丈の高い女が、こちらを見ていることがある。とはいえ本当に見ているだけ。攫う気もなく、迷惑をかけるような真似もしない。だから放っておくことにした。

「おかしくない？　慌てようよ。私もなんか感覚麻痺してきたけどさ」

「いや、でも別に危害加えようってわけじゃないし」

最初は夏樹も怯《おび》えていたが、転んだらそっと絆創膏《ばんそうこう》を差し出してくれたり、雨の日は後ろで傘を差してくれたりと案外優しい面もあって慣れてしまった。夏樹をつけては来ているが、振り返ると電柱に体を隠してやりすごそうとする。この前、乱暴な運転で夏樹にぶつかりそうになった車を、叫びながら短距離走者みたいな走り方で追っかけて行ったことがあった。その姿を見た時に、気にするのをやめた。意外と面白い女性だった。

「まあ、いいじゃん。特に問題ないしさ」

「あ、分かった。あんた狂ってるんだ」

「ひどいな、おい」

そんなやり取りをしながら二人は家路を辿る。後ろからは八尺様がついてくる。少しばかり奇妙ではあるが、これも平和の肖像というやつだ、多分きっと。

これで八尺様の話はおしまい。

怪異は打ち倒されたわけではなく、紐解かれることもなく、白衣の大女は相変わらず世間を騒がせている。彼女が恐怖の都市伝説の一角であることに変わりはない。ただ、強いて変わったところをあげるのならば。

「なぁ、聞いてくれよ。みこのヤツが酷《ひど》いんだ」

夏樹は振り返って八尺様に笑いかける。

そう、大きな変化は、口を開いていないのに「ぽっ」という擬音が聞こえるようになったくらい。彼女の顔が真っ赤に染まっているのは、言うまでもないことだろう。

つまりこのお話は、夏樹と都市伝説たちのちょっとした日常の一幕だ。

くねくねはいつも隣に

藤堂夏樹は幼い頃、「くねくね」に出会ったことがある。

だけど、これからもきっと、そのことは誰にも言わないだろう。

夏樹は兵庫県葛野市《かどのし》に引っ越してきた日の翌日、探検がてらに外で遊んでいる途中で倒れてしまった。それを発見した家族は慌てて病院に駆け込むも、異常はなし。原因不明、しかし意識の異常は確かにある。

『なニガ変なもノを見だ』

寝込んでいる時、うわ言のようにそう呟いていたという。

それから一週間の後、何の前触れもなく元に戻った。両親は大層喜んだが、精神に異常をきたしていたと言われても覚えていないのだから彼自身には今一つしっくりこなかった。

ただ夏樹は、この記憶のない異常に今でも感謝している。あとで聞いた話だが、意識を失っていた彼を心配して何度もお見舞いに来てくれた女の子がいたらしい。彼女こそが根来音久美子。

今も隣にいてくれる、大切な幼馴染《おさななじみ》にして親友だった。

朝食のおかずは小さな塩サバの切り身、夏樹の大好物である。青魚はだいたい好きだが、その中でもサバは群を抜いている。塩サバだと、いくらでもご飯が食べられてしまう。

「朝から食べすぎたらダメだよ」

「おう、分かってる。というか里香《りか》、俺の背中から離れようか」

「え、おにぃの後ろは私の居場所なのに」

後ろから抱き付いていた妹を無理矢理引き離す。二つ下の妹の里香は中学三年生で、来年は戻川高校を受験するらしい。理由は「おにぃの後ろにいたいから」。思春期を迎えてもそう言ってくれるのだから、ありがたい話だ。

「懐いてくれるのは、嬉しくないわけじゃないんだけどなぁ。あ、おかわりね」

「ぽぽぽぉ」

夏樹が茶碗を差し出すと、白いドレスをまとった長身の美女がそっと優しく受け取りご飯をよそってくれる。両親は旅行中で、家には夏樹と里香しかいない。二人とも食事を作れないのでしばらくはコンビニ飯だと話していたところ、友人の八尺様が食事を作りに来てくれたのだ。ルーツが山女だけに、家事はお手の物だった。

朝食を食べ終え、お茶を啜《すす》っているとそろそろ登校する時間になった。夏樹は、もう一度背中に引っ付いてきた妹を引き離して玄関に向かう。すると台所にいた八尺様が、小さな包みを渡してくれた。

「ぽぽ」

「あ、お弁当？　サンキュな」

昼のお弁当まで用意してくれるのだから、足を向けて寝られない。里香は最初、体の大きな彼女のことを怖がっていたが、胃袋をしっかりつかまれて今では結構仲良しだ。里香も弁当を受け取り、にっかりと笑顔で答える。

「はっちゃん、ありがと」

「はっちゃん？」

「いつまでも様付けじゃ、味気ないでしょ」

趣のある長身美女も、里香にかかれば「はっちゃん」である。こういうところは純粋に感心してしまう。人懐っこいというのは、一つの才能だろう。


里香の通う中学は戻川高校とは逆なため、登校はいつも通り久美子と二人になる。

「なっき、いこっか？」

「おう」

二人並んで歩く道は何でもないのに楽しい。教室でも隣同士、休み時間も大抵は一緒に馬鹿話をしている。

「あれ、じんじんは？」

「あー、爺ちゃんは少しお仕事で休むってさ」

話題にあがったのは同じクラスの男子生徒で、幼い頃からお世話になっている相手でもある。見た目とは違って中身はかなり老成しているため、「爺ちゃん」というあだ名が定着していた。世の中には不思議な力の持ち主がいる。爺ちゃんも魔を祓《はら》う力を持っていた。仕事というのはその手の話で、大方依頼があって他の土地にでも出向いたのだろう。

久美子とはあれやこれやと話をするが、毎日一緒にいるから話題が尽きることもある。そんな時は二人とも喋《しゃべ》らず過ごし、時折視線が合うとくすりと笑う。何も言わなくても気まずくならない、そういう距離感が心地よかった。

思えば七歳の時から、久美子と離れたことなんてほとんどない。単なる幼馴染ではなく、お互いに自分の一部であるかもしれないと思えるような関係だった。だから、それが不思議だなんて、友人から指摘されるまで考えたこともなかった。

「なんか、不思議だよな。二人って」

休み時間、いつものようにくだらない話で盛り上がっていた二人に、クラスメイトの寺井明生《てらいあきお》がそう言った。指摘の意味が分からず、きょとんとしてしまう。

「なにが?」

夏樹にとって、そしておそらく久美子にとっても二人でいることは当たり前だった。何が不思議なのか、本当に分からなかった。

「なにがって、二人は付き合っているわけでもないんだろ? 根来音さんは可愛いし、クラスの男子にも人気がある。なんで藤堂と、って思っている男子は多いと思うぞ」

そう言われても、どんな返答をすればいいのか。目配せすると、困ったような久美子と視線がかち合う。

「なんでって言われてもなぁ。みことは幼馴染だからとしか言いようがない」

「だよねぇ」

うんうんと二人して頷くが、それも寺井にとっては奇妙に映るらしい。

「でもさ、根来音さんは寄ってくる男なんていくらでもいるだろうし、夏樹は夏樹でちゃんと他の交友関係はある。そのくせ、恋人でもない男女なのに異様なくらい距離が近い。幼馴染ってそういうもんなの？」

返答をする前にちょうどチャイムが鳴り、寺井は自分の席に戻った。

彼の言いたかったことはつまり、なんで夏樹のような普通の男の隣に久美子のように綺麗な女子がいるのか、という多分に嫉妬《しっと》が混じった意見だ。なにか釈然としない心持ちで、改めて久美子の顔を見る。決して目立つ方ではないが、確かに彼女は可愛らしい。クラスの男子から人気があるというのも分かった。

寺井の言っていることは間違いじゃない。久美子に興味のある男子はいるだろうし、そいつが夏樹よりレベルが高くて気が合うなら、そちらを優先する方が自然だ。幼馴染だからといって高校になってまで仲がいいというのは、珍しいことなのかもしれない。夏樹よりも格好いい奴、頭がいい奴、運動ができる奴はいくらでもいる。その中で、何故彼女はずっと一緒にいてくれたのだろう。

「なー、みこ」

「ん、なに？」

「みこはさ、なんで俺と一緒にいてくれるんだ？」

湧き上がった純粋な疑問を、すぐさまぶつける。すると、何故か久美子は笑った。

「そういうことを聞けちゃうような馬鹿だからじゃない？」

呆気《あっけ》にとられた様子がおかしかったのか、彼女はさらに笑う。

「前も言ったけど。私は多分、あんたが馬鹿だから一緒にいたいって思ったの」

遠い昔を思い出す。

昔、夏樹がよく分からない精神異常から立ち直った後、傍にいてくれた久美子に同じことを聞いた。返ってきた言葉も同じ。彼女は昔も、夏樹が馬鹿だから傍にいたのだと笑った。だからあの時は馬鹿もそんなに悪くないかな、なんて思いながら眠ったのだ。

「もっと言うなら、どんなに格好良くても、頭が良くても、運動ができても、そいつはなっきじゃないからね」

「そっか」

「うん、そうそう。気にしないの。私は幼馴染だからじゃなくて、なっきだから一緒にいたの」

その言葉が嬉しくて、へへっ、と二人して軽く笑い合う。それから授業が始まるまでの間、夏樹と久美子は何も言わず、ただ穏やかにお互いを眺めていた。

くねくねは、2003年頃よりインターネット上で語られるようになった都市伝説である。絶対に会いたくない都市伝説四天王に数えられることも多いが、今なおその正体は分かっていない。案山子《かかし》や蛇神といった農村部の土着信仰や古来から伝わる妖怪と関連付ける説、ドッペルゲンガーの一種とする説、幻覚説、自然現象の誤認説など様々な説があげられている。また、そもそもくねくねの正体は「自分」であるという説も存在する。

ここまで流布されて恐怖をあおる怪談ではあるが、くねくねという物語の構造自体は決して珍しいものではない。くねくねの怪異譚の要点は、以下である。

・白色（あるいは黒色）の何かが、人間とはかけ離れた動きで体をくねらせる。

・くねくねを遠くから眺める程度では問題ないが、詳細が判《わか》るほど見つめて、それが何であるかを理解すると精神に異常をきたす。

見るだけでおかしくなるという対策を打つことのできない恐怖が、この物語の伝播《でんぱ》を促進したのだろう。

ただ、くねくねという存在は、それ以上でも以下でもない。あくまでも怪異譚の中の、人を壊す舞台装置でしかないのだ。

例えば、八尺様は「地蔵に封印されていたが、地蔵が壊されたため」全国に出るようになった。メリーさんの電話は「捨てられた人形」が持ち主のもとに戻ってくる。怪人アンサーは「特定の儀式を用いることで」携帯電話で会話が可能になり、足りない体のパーツを求めている。

しかし、くねくねはそれらとは違う。くねくねは急に現れ、人の精神に異常をもたらして消えていく。そこには理由がない。泡のように浮かんで消えていくだけだ。意味もなく意義もなく経緯を辿らず原因を持たず、ただ不思議な存在が何らかの現象を引き起こす。それが、くねくねという物語。話の類型としては、シンプルなエブリデイ・マジックだと言える。

エブリデイ・マジックは、日常に不思議が混じる形態の話を指す。話の筋書きとしては、日常生活の中、ふとしたことで普通ではないものと遭遇し、なんらかの不思議な現象が起こるものだ。森の獣道の先が不思議な場所に繋がっている。鏡の中に別の世界がある。古い家に変なものが住んでいるなど。特に理由はなくても、「そういうもの」として怪異の存在が話の中核となっているのがエブリデイ・マジックだ。この観点から見れば、原因を持たない怪異と遭遇し、結果災厄に見舞われるくねくねという話は、その典型例と言えるだろう。

ところでエブリデイ・マジックには、一つ重要な特徴がある。それは「不思議に近付きすぎたものは、帰って来られなくなる」という点だ。

『古事記』において、イザナミノミコトは黄泉《よみ》の国の食べ物を食べることで黄泉の国の住人となった。異界の食べ物を口にすることは、その世界を深く知ること。異界の理《ことわり》を知ることは、異界の住人になることでもある。不思議を理解できてしまった時点で、その人は不思議の世界の側に立っている。こうなると、もうその人は普通の世界に帰れない。ウェンディもピーターパンに馴染み過ぎれば、ネバーランドの住人になってしまうのだ（もっともこの場合は、ピーターパン自身が現実に帰れるよう手はずを整えてくれるが）。

この点も、くねくねは踏襲している。くねくねの話に存在する「くねくねを見て精神に異常をきたした者は、くねくねになる」とは、そういう意味だ。くねくねを見るとおかしくなるというより、くねくね側の存在になってしまったと表現する方がより正確だろう。

端的に言えば、くねくねとはエブリデイ・マジックにおける非日常の象徴、即ち「理外の存在」だ。異世界の理を持つが故に、誰にも把握できない白の怪異。その姿がはっきりせず、「白い何かがくねくねしている」ように見えるのは、見る者がそれを理解できていないからにすぎない。

感覚としては、鬼や天狗の正体が実は外国人だったという説に系統としては似ている。当時の日本人にとっては見慣れない外見だったため、別の人種が怪異に見えてしまったという話である。人が理解できないものを怪異という枠組みに押し込んで既知のものにしようとするのは、別に珍しい話ではない。

だから、くねくねが何であるかという議論は少しばかりズレている。くねくねはそういう化物がいるのではなく、理解できないものをくねくねという記号に当てはめて呑み込みやすくしたものに過ぎない。だからこそ視認して本質を知ろうとすることで、人は精神に異常をきたす。理解できない異界の理を詰め込めば、頭がパンクするのも当然だ。

さて、ここで疑問が一つ。

もしも、くねくねがこの世界に存在しないのだとすれば。人がそれを理解できないが故に、「白い何かがくねくねしている」ように見えるのならば。本当の〝そいつ〟は、いったいどんな姿をしているのだろう？

藤堂夏樹は幼い頃、くねくねに出会ったことがある。だけど、これからもきっと、そのことは誰にも言わないだろう。覚えていないなんて大嘘だ。誰にも話したくないから、そういうことにしただけだ。

子供の頃、葛野市に引っ越してきた翌日、夏樹は日が暮れるまで遊んでいた。

そろそろ帰らないと。急いで家路を辿り、曲がり角を曲がった時に彼は見た。人くらいの大きさの白い何かが、くねくねと動いている。

ぼやけて、にじんで、くねくねくねくね。

当時の彼は、くねくねの話を知らない。だからそれは不思議なものではあっても、怖いものではなかった。そして残念なことに、夏樹は基本的に好奇心が旺盛で我慢を知らない馬鹿だった。不思議なそれを、きっと面白いものだと思った。

『なあなあ、あんたなに?』

笑顔で、そんなことを言ってしまった。

その距離まで近付いて無事で済むわけがない。彼はくねくねを見て、おぼろげにそれを理解し、そして誰かの姿になったと思った瞬間。脳が。破裂し。

——そこで意識は途絶える。

再び目を覚ました時、夏樹は病院のベッドで寝ていた。

両親は夏樹の目覚めを泣いて喜んだ。ただ、原因も治った理由も不明なためすぐに退院とはいかず、しばらくは検査ばかりの退屈な入院生活を余儀なくされた。

『起きた……？』

そんなある日、知らない女の子が病室にやってきた。柔らかく微笑む彼女は本当に可愛らしくて、どぎまぎしたことを覚えている。

『えっと、君、誰？』

『ねくね、くみこ。隣に住んでるの』

嘘だとすぐに分かった。だって、そこには誰も住んでいなかったのだから。でも、久美子との会話はとても楽しくて、いつの間にかそんな疑問は忘れてしまった。

そうして退院後、夏樹と久美子はまるで昔からの友達のように、いつも一緒に過ごすようになった。

後になって聞いた話だが、久美子は夏樹が眠っているあいだ、毎日のようにお見舞いに来ていてくれたらしい。面識のない彼女が、何故そんなことをしてくれたのだろう。

ある日、夏樹は久美子に問うた。

『なあ、みこ。なんでさ、俺のお見舞いに来てくれてたの？　あの時、初対面だったよな？』

『ううん、一回だけ会ったよ』

『そっか。でも、一回だけ会った相手なのに、なんでみこは俺と一緒にいてくれるんだ？』

久美子はその問いを咀嚼《そしゃく》するように飲み込んで、幼さに似合わない大人びた表情で遠くを眺めていた。

『なっきが笑ってくれたから』

『へ？』

『だって初めてだったもん。私にそうやって笑いかけて、〝あんたなに？〟なんて聞いてくる馬鹿なヤツ』

それも一瞬だけのこと、彼女は満面の笑みを見せる。

『私は多分、なっきが馬鹿だから、一緒にいたいって思ったの』

その想いがあったから、彼女は根来音久美子になった。

彼女の正体がなんであるかは、薄々見当がついていた。けれど、夏樹は今でもこう思っている。

昔、くねくねを見たことがある。だけど、これからもきっと、そのことは誰にも言わないだろう。鶴の恩返しと同じだ。正体に気付いたことを知られた時点で、彼女がいなくなってしまうような気がした。

彼は何も語らないし、何も聞かない。くねくねは、いまだに正体不明の怪談のままだ。

「なっき、帰ろ」

「おう」

そんなこんなで続いてきた二人の関係は、やっぱり今も続いている。今日も二人で一緒に下校。周りの視線も気にならない。それくらいお互い一緒にいるのが当たり前だった。

「でさぁ、最近は、あの娘が毎日飯《めし》を作りに来てくれるんだよ」

「仮にも一番親しい女の子に話す内容じゃないよね、それ。くそう、ちょっと料理が上手いからって……！」

エブリデイ・マジックにおいて、不思議に遭遇するのは子供である場合がほとんどだ。座敷《ざしき》童《わらし》が大人には見えないように。不思議の国に迷い込むのが少女であるように。ネバーランドに誘われるのが、子供だけであるように。幼いが故の純真さこそ、日常に紛れた不思議に気付く力だ。

異世界に渡ってしまった者が無事でいるために必要な要素も、エブリデイ・マジックは語っている。ファンタジーの世界に行ける子供はいつだって純真で、帰ってくる時は少しだけ大人になっている。

『無垢《むく》な心であること』

『帰りを待っていてくれる人がいること』

『そしていつか、過ぎ去った子供の頃を懐かしめる大人になること』

大人になっていく自分を受け入れられる邪心のない人間は、不思議に巻き込まれても自分の世界に戻ってくることができる。

もしもくねくねに出会って無事でいられたのなら、それは誇ってもいいことだ。それはあなたが純粋で、今までちゃんと地に足をつけて生きてこられた証拠だから。

「お前、料理下手だもんなぁ。美少女は料理が殺人的に下手っていう都市伝説は真実だったか」

「なっき、もう一回」

「え？　お前、料理下手だもんなぁ」

「その後その後」

「美少女は料理が殺人的に下手っていう都市伝説」

「最初のところを、もう一回！」

「えーっと、美少女」

「うんうん、よろしい」

エブリデイ・マジックは、現代の若者にとっても馴染み深い物語だ。なにせその代表格はいわゆる魔法少女ものであり、伝奇や異能バトルものなどライトノベルの題材の多くも「現実世界に紛れ込んだ不思議」と見なせる。ある日突然、不思議な美少女が目の前に現れて同居することになり、ハプニングがたくさん起こる物語。空から女の子が降ってきた、というテンプレから一つのカテゴリーに変化した「落ちもの」と呼ばれるラブコメもまた、分かりやすい例だろう。

だから、もしもくねくねを現代版のエブリデイ・マジックとするならば。その正体が美少女であることは、当然の成り行きなのかもしれない。

「何が言いたいんだ、お前は」

「なっきは分かんなくていいのー」

補足すると、エブリデイ・マジックは作品の主題によっては異類婚姻譚と一部共通する性質を持つこともある。くねくねの正体の一つとして語られた蛇神は大抵女性で、説話によっては人間の男と結婚するものもある。それが何を意味するかは分からないし、夏樹たちのこれからがどうなるかも誰も知らない。

ただ一つだけ言えるのは、二人はきっとこれからも一緒にいるだろう。

「今のなんか意味あるのか？」

「さあてね」

「みこが美少女だなんて最初から分かってることだろ」

久美子の白い肌が、照れて真っ赤になる。白と黒は知っているけど、赤いくねくねは珍しいな
と夏樹は笑った。

「くぅ、私をからかうとは……！」

「いや、別にからかったつもりはないけどさ」


これで、くねくねの話はおしまい。

藤堂夏樹は幼い頃、くねくねに出会ったことがある。

だけど、これからもきっと、そのことは誰にも言わないだろう。

「うるさい、ばーか！」

だって遠い日に出会ったくねくねは、今も隣にいてくれるから。

猿《さる》夢《ゆめ》恋《れん》歌《か》

藤堂夏樹は見知らぬ駅で一人電車を待っていた。

妙な夢だと思った。明晰夢というやつだろう。これが夢なのだとはっきり分かる。だというのに感覚はやけにリアルだ。意識はあるのに体が動かない。ぬるりとした生温かい風が吹き、背筋が冷たくなった。

『まもなく……電車が来ます……。それに乗ると、とても怖い目に遭いますよ』

アナウンスが流れる。涼やかな少女の声だった。

静かな語り口は、声の主の性格を表している。きっと控えめな女の子なんだろうな、なんてくだらないことを夏樹は考えていた。

しばらくすると駅に電車が入ってきた。電車といっても、それは動物園にあるような「お猿の電車」である。怖い目に遭う、そう言われたが足が勝手に動き出した。自分の意思ではなく、誘われるように操られるように、彼は一番前の車両に乗った。目の前には猿が、後ろには数人の顔色の悪い男女が一列に座っている。

『次は活けづくり……活けづくり、です』

走り出して間もなく、新たにアナウンスが流れる。駅の名前にしては奇妙だ。疑問に思っていると、急に後ろからけたたましい悲鳴が聞こえてくる。

驚きに振り向けば、広がる赤。飛び散る臓器、艶《なま》めかしいほどの肉の断面。漂う鉄臭い血の香りが、夢と現《うつつ》の境を曖昧にさせる。悲鳴が消える頃、電車の一番後ろに座っていた男は刃物で体を斬り裂かれ、それこそ魚の活けづくりのようになっていた。

『次は抉《えぐ》り出し……抉り出し、です』

最後尾の男は死に絶え、次は後ろから二番目に座っていた女性。小人が現れ、彼女の眼球をスプーンで抉り出す。つんざく声、血。ここに来てようやく分かった。この電車に乗ったものは、後ろから順番に殺されていく。

いつか、自分にも順番は回ってくるのだ。逃げなくては、でもどこに？　だんだんと死は近付いてきている。焦りから脂汗を垂らし、けれど体は動かない。気分は絞首台へとのぼる囚人。避けられない死へと、一歩ずつ近付いていている。

ぶしゃあ、と嫌な音が響き、肉片が飛び散る。

夢から覚めないと大変なことになる。いったい、いつになったら朝は訪れるのか。

『次はひき肉、ひき肉、です』

また新しいアナウンスが聞こえてきた。

『終点。朝、です。次は、あなたまで回るかもしれませんね』

そこで、夢は終わりを告げた。

『……長き夜の　遠《とお》の睡《ねむ》りの　皆目醒め　波乗り船の　音の良きかな』

最後に、誰かがそんなことを言った気がした。


「あぁぁ⁉」

あまりの恐怖に意識が覚醒する。勢いよく目を見開けば、天井は映らない。代わりに妹の里香が、こちらを覗《のぞ》きこんでいた。

「わぁぁ⁉」

突然の大声に驚いた里香が、わたわたと距離を離す。その動作が面白くて、先程の恐怖も和らぎほっと息を吐いた。

よかった、夢から覚めたんだ。心配そうにおろおろとしている妹に笑いかけた。

「おお、おはよ」

「お、おはよ。おにぃどうしたの？　なんかうなされてたけど」

「ちょっと夢見が悪くて。お前は、なんで俺の部屋に？」

「起こして、朝一番のおにぃの背後を取ろうと思って」

相変わらず、里香はよく分からなかった。

「おはよ、母さん」

「うん、おはよう夏樹。顔を洗ってきて。ご飯もうできてるから」

「はーい」

リビングに入ると、旅行から帰ってきた母親が朝食を準備してくれていた。両親は、息子の目から見ても仲睦まじい。父親の方がベタ惚れで「一目見た瞬間、リアルに恋したんだよ、俺は」と今でも言っていた。そういう恋人夫婦だから、二人きりで旅行に出かけることもままある。

「いただきます」

言われた通り顔を洗ってきて、味噌汁、ごはん、鮭の鉄板な朝食を食べ始める。八尺様の作るごはんも美味しかったが、親の料理というのは美味しい以上に何となくほっとする。けれど、妹は朝食の代わりにキュウリ一本を丸かじりにしていた。

「体を絞りたいの」

つまるところダイエットなのだが、あまり無理はしてほしくなかった。好物がキュウリなので、本人はあれで満足なのかもしれない。もともとは水泳部だったが、高校受験を前に引退している。急に運動量が減ったため大変なようだ。

「おはよ、なっき」

「じゃあ行くか」

朝食を終えて背中に引っ付いてきた妹を引き離し、いつも通り久美子と登校する。

変わらない一日の始まりだ。

ただ、夏樹の胸の内には若干の不安があった。都市伝説の怖い話には定番のものがある。「てけてけ」や「カシマレイコ」など、「その名前や話を知る」ことをトリガーにして死の危険が訪れるタイプの怪談だ。インターネットが普及してからは、ネット記事を読んだだけで不幸が訪れる都市伝説も出てきた。昨夜見た、人が死んでいくお猿の電車の夢も、そういった怪談の一つである。

《猿夢》

２００８年頃にオカルト掲示板に投稿された都市伝説で、検索してはいけない言葉としても上げられる。

猿夢は「夢の中で無人のホームで待っているとアナウンスが流れ、危険だと知らされながらも遊園地にあるような、お猿の電車に乗ってしまう」というもの。この電車では、後部座席から順々に乗客がひき肉や抉り出し、すり潰しなど残虐な殺し方で殺されていく。そして夢で殺された者は、現実でも心臓麻痺で死んでしまう。また、この話を知った者は必ず猿夢を見るとされ、一度助かっても再度夢の続きを見てしまうという。

一度中断しても続いてしまうため、存在を知ったものを確実に死に至らしめる。夢での殺戮《さつりく》を現実へと変える、おぞましい都市伝説である。

夏樹はそれを、ＳＮＳで偶然にも見てしまったのだ。

猿は、古来「山神」とされた。

人型でありながら人ではない異形《いぎょう》で、山を縦横無尽に駆け回る。古い時代、山は神や怪異の住まう場所であり、そこを自由に動く猿は山神の使者、時には山神そのものと考えられた。時代が下れば神性は堕ち、神も妖怪に堕とされる。いつしか山神であった猿は、「ヒヒ」「サトリ」などの妖怪となった。

猿が怪異を引き起こすというのは決して荒唐無稽ではなく、むしろ彼らは獣の中でもかなりの力を持つ怪異だ。ただ、猿の持つ性質は本来、夜や夢といったものとかけ離れている。

日の出になると騒ぎ出す猿は、太陽と深い関係を持つと考えられ、山の使者であるのと同時に日吉神（太陽神）の使者だった。また、ニホンザルの古い表記は「真猿」であり、「真猿」は「勝る」や「魔去る」に通ずることから、猿は退魔の象徴でもある。さらに言うならば、神という漢字は「申《さる》に示す」と書く。申は陰陽五行説において「金」に相当する干支《えと》であり、金は仏身を表す。このことから、神は人の前に姿を現す時、猿の姿をもって示現すると考えられた。「山《さん》王権現《のうごんげん》」と呼ばれる存在だ。

即ち古代日本において、猿は魔を払い、夜の終わりを告げる太陽の神だったのだ。

では、猿の怪異でありながら夜の象徴たる夢と結び付く猿夢は、物語として間違っているのだろうか。

実は、そういうわけでもない。夜・夢といった要素と結び付く猿も存在している。それは日本特有のものではなく、世界各地で似たような信仰が見られる。起源は諸説あるが、一説にはハヌマーンの変形ともされている猿だ。おそらく誰もが一度は耳にしたことがあるだろう。

「見ざる・聞かざる・言わざる」の、いわゆる三猿である。彼らは退魔の象徴であり、同時に夜や睡眠と関係が深い。三猿は、庚申信仰《こうしんしんこう》と強い結び付きを持つ。庚申信仰とは中国道教における三尸説《さんしせつ》を根幹に、多種多様な思想・民間信仰・習俗が合わさった複合信仰で、その中でも有名なものが庚申待ちだ。

道教では、人間の体内には三尸と呼ばれる三匹の虫がいるという。六十日に一度の庚申の日に眠ると、三尸が体から抜け出して天帝にその人間の罪悪を告げ、その人間の命を縮めるとされている。しかし、宿主が起きていると三尸は体の外に出ることができないため、庚申の夜は眠らずに過ごすようになった。これが、庚申待ちである。

三尸説は日本に入って来た時、先程も少し触れた山王権現と結び付いた。その結果、庚申信仰における主祭神は青面金剛《しょうめんこんごう》となった。青面金剛は三尸を抑える神であり、彼が使役する猿こそが三猿。つまり三尸が天帝に人間の悪事を報告しようとすることを、「見ざる・聞かざる・言わざる」ようにさせるのが青面金剛の役割である。

もう一つ重要な点は、この神は、もともと疫病を蔓延させる悪鬼だということだ。青面金剛は疫病神としての側面を持ち、そのことから三猿＝三尸とする説もある。だから三尸は彼《か》の神がいると何も見えなくなり、何も聞こえなくなり、何も言えなくなり、天帝への報告もできなくなるという。（ちなみに神道では、庚申における主祭神は猿田彦《さるたひこ》。ここでも猿である）

長々と語ってきたが、庚申信仰における重要な点を箇条書きにする。

一つ。特定の日に眠ると寿命が縮まる。

二つ。六十日後、同じように眠ると寿命の縮まる日が来る。（続きがある）

三つ。庚申信仰における主祭神は青面金剛、あるいは猿田彦。どちらにしても猿に深い関わりを持つ神である。

四つ。庚申信仰における三尸は、日本に入ることで山王権現（猿神）と結び付き、三猿と近しい存在になった。

庚申信仰の根本は、「眠ると死に近付く虫と、それを防ぐ猿」の構図だ。言ってみれば「眠ると死に至る猿の夢」。つまり猿夢とは、守庚申《しゅこうしん》（庚申待ち）の亜種だと言える。

物語が伝えるのは、庚申信仰と同じく因果応報。悪いことをすれば悪いことが返ってくるということ。例えば、見るな・聞くなのタブーを破るなど、してはいけないことをすると猿夢に殺される。事実、猿夢はそれを知るもののところにのみ訪れる。「見るなのタブー」を破った罰として、この夢は人を殺す。あらゆる怪異における共通のルールで、結局は清廉潔白な人間こそが最後に命を繋ぐのだ。

ここで、もう一つの疑問が残る。

猿夢の猿が庚申信仰における猿ならば、そいつは「喋《しゃべ》ることができない」ということになる。

ならば電車内のアナウンスをしているのは、いったい誰だろうか？


「うん、分からん」

夏樹は図書室で、怖い話系の本を読んだりネットで検索したりして猿夢について調べてみた。なかなか興味深い考察は見つかったが、どうにも決め手にかける。思い悩んでいると、わざわざ付き合ってくれた久美子が不思議そうに問うた。

「さっきからなにを調べてるの？」

「いや、俺、昨日猿夢を見ちゃってさ」

「絶対呪われてるよね。八尺様の時といい」

それを言うなら、くねくねもだとは勿論《もちろん》言わない。くねくねは原因不明の怪異のままでいい。そのくらい彼女と過ごす毎日は楽しかった。

「そう言うなって。とにかく、分からないんだよ」

謎を紐解くには、庚申信仰だけでは足らない。猿夢は庚申信仰における三猿と、あと一つ何かが複合して作られた怪異譚《かいいたん》のようだ。だが、そのあと一つが分からない。

「やっぱりアナウンスが引っ掛かるんだよな。あと、最後のやつ。なんだっけ」

「最後のやつ？」

「いや、夢の最後でさ。長き夜の、目が覚めるとか船がどうとか、そういう短歌っぽいのが聞こえたんだよ」

「ああ、〝長き夜の　遠の睡りの　皆目醒め　波乗り船の　音の良きかな〟？」

断片的な情報だけで、久美子は見事に正解を言い当ててしまった。

「みこ、すごいな。なんで分かったんだ？」

「これ、昨日の授業でやったよ。回文になる短歌とか俳句。〝草の名は　知らず珍し花の咲く〟とか。もしかして聞いてなかった？」

昨日の授業は、ぐっすりと眠ってしまった。黙り込んだことが答えになり、久美子は呆れて溜息を吐いた。

「今度、私と一緒に勉強ね」

「くそ、やぶ蛇だったか」

「猿の話じゃなかった？」

まさか命の危険が差し迫っている中で、勉強の予定まで圧《の》し掛かってくるとは。

変なところで打ちのめされた夏樹は、気を取り直して話を戻す。

「で、それってどういう意味？」

「えっと、待って。確か……。進みゆく船は心地よく波音を立てるので、過ぎ去る刻の数えを忘れてしまい、ふっと『朝はいつ訪れるのだろう』と想うほど夜の長さを感じた、みたいな意味だったと思う」

久美子の解説に少し戸惑う。確かに「朝はいつ訪れるのだろう」とは思ったが、心地よいとは欠片《かけら》も思わなかった。猿夢のアナウンスは、かなりの皮肉屋のようだ。

「でも、猿夢の話に和歌なんて出てこないよね」

「ああ、俺もそこは気になってた。ネットで調べた話の中には、なかったはずなんだよな」

和歌と猿夢。思い悩んでも答えは出てこない。

ふと図書室のカウンターに目をやると、図書委員が本を片付けているのが見えた。その内の一冊が目について、慌てて席を立つ。

「ごめん、みこ。ちょっと離れる」

返答を聞かず、一直線にカウンターへ。どこかへ持っていかれる前に、図書委員の女子を呼び止めた。

「ちょっと待って、図書委員さん！　それ借りたい！」

「ひっ」

思わず大きな声になってしまい、声をかけられた女の子は怯《おび》えたように身を竦《すく》ませた。眼鏡をかけた気弱そうな女子だ。見ず知らずの男子の雑な態度に、戸惑いながら視線をあちらこちらに泳がせている。

すぐさま謝ろうとしたが、それよりも早く後頭部を久美子に押さえ付けられた。

「もう、ごめんね。うちの子が」

そう言って無理矢理頭を下げさせられる。自分でも謝ろうとしていたのに、渋々という形になってしまった。

「なっき、そんな怖い顔で迫らない」

「いや、迫ったっていうか。ちゃんと謝ろうと思ってたし」

「言いわけしないの。本当にごめんね、うちの子が」

「うちの子って連呼すんな」

久美子とのやり取りのおかげで警戒心が解けたのか、彼女はカウンター越しに少しだけ穏やかな顔を作った。その表情を見て安堵した夏樹は、ようやく目的のものに手を伸ばす。

「悪い、これ借りたいんだけど」

彼女が片付けようとしていた本の一冊だ。表紙には猿の絵、本の題名は『猿でも分かる短歌』。

短歌で猿とは、なんともタイムリーなタイトルだ。

「あ、はい……」

「おお、ありがとう」

慣れているのか仕事は早い。淀みなく手続きを終わらせて、すぐに本を渡してくれた。

笑顔で受け取り、ぱらぱらとページをめくりながら久美子と一緒に図書室を出る。

「で、それ何かの役に立ちそう？」

「分からない。だけど、和歌をかじれば猿夢とコミュニケーションがとれるかもしんないだろ？」

「うわぁ、猿夢と会話しようとか」

ひどく呆れた顔をされてしまったが、夏樹はとても満足していた。

別に何か解決策が浮かんだわけではないが、幾分心は軽くなっていた。


また夢の時間が来た。

「次はひき肉、ひき肉です」

夢は昨日の続きから始まる。そして、つんざく悲鳴も昨日と同じように。

この夢の中で殺されたら、そこで終わる。後ろには、あと三人。着実に順番は近付いてきている。何かアクションを起こさないと、確実に藤堂夏樹は死ぬ。

「なあ、あんた誰？」

夏樹が命を繋ぐための条件は、自分の番が回ってくるまでに猿夢を、正確に言えば死のトリガーとなるアナウンスを説き伏せることだ。

「俺、猿夢について調べたんだけどさ。話の構成を見るに、猿とアナウンスは別の存在なんだよな。猿夢の猿は、喋れないはずなんだから。なあ、この夢ってなんなんだ？　それであんたは？」

アナウンスが止まった。最後尾の人は〝ひき肉〟にされたが、次の駅は、まだ訪れない。まずは上々の滑り出しだろう。

「……寄りてこそ　それかとも見め　たそかれに　ほのぼの見つる　花の夕顔（近寄って見れば誰だか分かるでしょう。夕暮れにぼんやりと見た夕顔の花じゃ、誰だか分からないでしょうし）」

返ってきたのは、答えではなく和歌だった。昨日までなら疑問符を浮かべるだけで終わったが、今日は違った。さっそく寝る前に読んだ本が役に立つ。

「『源氏物語』だな」

何とも雅やかだ。猿夢はこう言っている。近くに寄って見なければ、誰かとは分かりませんよ。私の正体を知りたいなら、お会いしましょう。

夏樹はくすりと笑った。猿夢はまるで恋の駆け引きに誘っているようだ。

「じゃあ、会いたいって言ったら会ってくれるのか？」

「春の夜の　夢ばかりなる　手枕《たまくら》に　かひなくたたむ　名こそ惜しけれ」

「おい待てや、こら」

思わず言葉が荒くなる。これは百人一首にもある歌だ。内容は「でも、友達に噂されたら恥ずかしいし……」というようなものである。誘っておいてそれはあんまりだろう。

「次は、引き伸ばし、引き伸ばしです」

失敗した。選択肢のミスで順番が進んでしまった。

プレスのような機械に掛けられ、三つ後ろの男が血を撒き散らし引き伸ばされた。

これで、あと二人。もっと慎重に進めないといけない。性急に進められるのは好きではないようだ。和歌で返してくるということは、名前を直接聞くといった方法も意味がない。なら、次の一手はこれだ。

「〝あらざらむ　この世のほかの　思ひ出に　今一度《ひとたび》の　逢ふこともがな〟ってのはどうだ？」

私は間もなく死んでしまうのですが、あの世に於ける思い出として、せめてもう一度会ってほしいものです。

今一度も何も、まだ一度も会っていない。しかし死に往《ゆ》く者が会いたいと願う短歌だ。今のシチュエーションにはぴったりだろう。

「のちにまた　あひ見むことを　思はなむ　この世の夢に心まどはで」

「うおお、そう来るか」

やばい返歌が来た。

この世の夢には惑わされず、あの世でまた会うことを願っています。

つまり死ねと。一緒に死んだら会ってあげるということか。しかも猿夢にかけて夢の短歌で返してくるあたり、相手の方が一枚上手《うわて》だ。

夏樹は引き攣《つ》った表情になった。だが、相手の反応自体はいい。短歌で攻めるのは悪くないようだ。

「な、なら！　〝来ぬ人を　まつほの浦の　夕なぎに　焼くや藻塩の　身もこがれつつ〟！」

私の身は姿を見せてくれないあなたに焦がれているのです、と夏樹が言う。

「うぅ……　〝よ語りに　人や伝へむ　たぐひなく　憂き身をさめぬ　夢になしても〟」

アナウンスは返す。夢に消え去るとしても、噂になったら恥ずかしい。

どんだけシャイなんだよ、この怪異。内心で思わず突っ込む。

反応はある。このまま積極的に攻めれば、あるいは。

「つ、次は……串刺し、串刺しです！」

二つ後ろの女性が、その身を貫かれて死に絶える。ふわりと漂う血の香り。

あと一人。次の次には、夏樹の番だ。

迫り来る死を前に鼓動が脈打つ。落ち着け。会話自体は好感触だ。後は、がっつかずに自然な流れで相手の正体を知るか、この電車を止めさせるか。「大丈夫だ」と自分に言い聞かせ、思考を働かせる。

このアナウンスは、自分から恋の和歌を使って誘うような仕草を見せた。しかしこちらが攻めると、躱《かわ》すのではなく恥ずかしがる。おそらく相手は女性、恋愛経験はあまりない夢見がちな少女だ。いや、ネカマという可能性も否定はできないが。

ともかく相手が少女と仮定して、次の一手を打つ。

「まずは……　〝風かよふ　寝ざめの袖の　花の香に　かをるまくらの　春の夜の夢〟」

風が運んできたのは花の香なのか、それとも夢の中のあの人の香なのか、私はいったい目覚めているのか、夢の中にいるのか。

漂う彼女の香りが血の匂いではいささか物騒ではあるが、と夏樹はかすかに笑ってみせながらさらに短歌を続ける。

「そんで、〝寝られぬを　しひて我が寝る　春の夜の　夢をうつつに　なすよしもがな〟！」

春の夜の夢を現実にする術《すべ》はないものか。

春の夜の夢で揃えてみた。直接会いたいと詠《うた》うのではなく、この夢の逢瀬《おうせ》が現実でもあればいいといった意味だ。

さて、どう出る？　待ち構えていると、数瞬の間を置いてから声が聞こえてきた。

「照りもせず　くもりもはてぬ　春の夜の　おぼろ月夜に　しくものぞなき」

春の夜の、明々と照っているのでもなく、曇っているのでもなく、おぼろな月にまさるものはない。

そして、アナウンスはどこか寂しげに告げた。

「……ながむれば　山よりいでて　ゆく月も　世にすみわびて　山にこそ入れ」

山から出た月も、この世にすみわびて山に帰ってゆく。私もそうなるのでしょう。

夏樹が「春の夜の夢を現実にする術はないものか」と詠んだのに対し、アナウンスは二つの短歌を合わせて「春の夜に映えた月は美しいが、世にすみわびて月は山に帰る」と返した。ここでいう月は夏樹のことを指す。つまり彼女は、春の夢が現実になったら、あなたはがっかりして帰ってしまうと言っているのだ。

これで確信が持てた。この猿夢には庚申信仰における因果応報だけではなく、別のなにか、おそらくは現実に存在する意思が介在している。そしてそれは多分、どこか自分に自信を持てない少女だ。少女だと考える理由は、ごく単純。ここまでの短歌は、おおむね久美子に見せてもらったノートにもあった。学校の授業で習うようなものばかりなのだ。

「次は吊し上げ、吊し上げです」

真後ろの男が首を吊って死に、これで次は夏樹の番。

おそらく、次の言葉が最後だ。ここで選択肢を間違えれば自分は死ぬ。

ならばどうするか。思い悩んでいると、アナウンスから再度声が聞こえてきた。

「活けづくり、串刺し、ひき肉。あなたの最期は、どうしますか？」

短歌以外の問いかけ。遊びは終わりということか、それとも別の意図があるのか。

夏樹は少し俯き、しかしすぐさま顔を上げると不敵に笑ってこう答えた。

「〝恋ひ死ねと　するわざならし　むばたまの　夜はすがらに　夢に見えつつ〟……焦がれ死に、なんてどうだろう？」

あなたが一晩中夢に出てくるのに会えないなんて、焦がれ死にしろというのか。

呆気にとられたのか、二の句を継げられなくなるアナウンス。

その隙に、最後の歌を彼女へ贈る。

「あとは、そうだな。〝うつつには　逢ふよしもなし　ぬばたまの　夜の夢にを　継ぎて見えこそ〟ってとこか」

さて、彼女はどう返してくれるだろうか。

短歌で命のやり取りをするなんて、初めての経験だった。中々楽しかったし、結果がどうなっても満足だ。

だから夏樹は、穏やかな気持ちで彼女の答えを待ち……。

――そこで、目を覚ました。


それから、猿夢を見ることはなくなった。

アナウンスの彼女が、最後の歌に何を思ったのかは分からない。しかし何も起こらなかったということは、結局、彼女の興味は引けなかったのだろう。何となく残念だったが、とにかく命は助かった。結果だけ見れば喜ばしいことではあった。

必要のなくなった『猿でも分かる短歌』を返すために、夏樹は図書室を訪れる。今は特に調べ物もないし、一直線にカウンターへ向かい図書委員に本を差し出す。座っていたのは、借りた時と同じ女の子だった。

「……あの、間違ってます」

か細い声で少女は言った。

「え?」

声をかけられたことが意外で、夏樹は目を見開く。改めて見ると、彼女の顔には覚えがある。

というか同じクラスの女の子だと今さらながらに気付いた。

確か名前は、金城奈緒《かねしろなお》だったか。同じクラスといっても、話したことはほとんどない。教室でも一人で本ばかり読んでいる、眼鏡をかけた長い黒髪の物静かな女の子だ。

「あれ、もしかして返却の仕方が違った？」

「あ、いえ。あの……そうじゃなくて……」

彼女はもじもじと躊躇《ためら》いがちに、頬を染めながらそれでも言葉を絞り出す。

「〝恋ひ死ねと　するわざならし　むばたまの　夜はすがらに　夢に見えつつ〟……この歌は、現実ではほとんど会えないのに、夢で逢うから焦がれて死ぬんです。だから、間違ってます」

「あの時」はあなたとは会った当日で親しくもないのだから、あのタイミングで「焦がれ死に」なんて使うのは間違っていると彼女は言う。

つまり、そういうこと。彼女が猿夢のアナウンスだ。

「……夢のこと、覚えてる？」

「はい、少しは。死んでいく人たちの死に方を伝える役目を夢で与えられて。抜け出せなくて、口だけが勝手に動いて。……でも、藤堂君が助けてくれました」

彼女もまた猿夢に囚われていたのか。

やはりアナウンスと猿夢は別の存在だった。

「何にもしてないと思うんだけどなぁ」

「そんなこと……ないです……。私に、気付いてくれました」

たおやかに少女は笑う。

その笑顔が本当に穏やかだったから、その分くらいは誇ってもいいような気がした。


「倩女離魂《せんじょりこん》」という話がある。

倩女という娘には、王宙《おうちゅう》という従兄がいた。二人はいつしか恋仲となり、しかし倩女の父親は資産家の青年に娘を嫁がせることにしてしまう。倩女と王宙は結婚させてくださいと頼むが、父親は取り合わない。結局、倩女は資産家の青年と結婚することになった。

彼女が他の男と結婚する様など見たくないと、王宙は住んでいた土地を去ることにした。誰にも告げずに家を出て、船に乗って故郷を離れようとした。

しかし船に乗ろうとすると聞き慣れた声がして、振り返ればそこには倩女がいた。彼女は「わたしも一緒に連れて行って……」と願う。それは王宙も望んでいたことだ。二人は自然と手を取り合い、駆け落ちを選んだ。

五年の月日が流れた。

幸せな日々を過ごす二人は、けれどどこか後ろめたさもあった。だから二人は話し合って、故郷に帰って両親に謝罪することにした。

二人は子どもを連れて船に乗り、故郷に着いた。最初に、王宙だけが倩女の家に行き、両親に謝罪することにした。王宙が駆け落ちのことを謝ると、倩女の両親は「そんな馬鹿げたことがあるはずがない」と驚いた。意味が分からず聞き返せば、王宙が故郷を離れたあと、倩女はまるで魂が抜けたようになって、じっと家で寝ているのだという。

そんな馬鹿な。王宙は倩女を迎えに行った。すると、それまでずっと家で寝ていた倩女が起き上がり、船からやって来た倩女をにっこりと笑って迎えると、二人の倩女が合わさって一人になったそうだ。

これが倩女離魂。

魂が体から離れ、愛しい人のもとに辿り着いた物語である。

この話は中国のものだが、体から魂が抜けだす話は世界各国に多く残されている。

日本においては、生霊信仰がそれに相当する。江戸時代には、体から生霊が抜け出して歩きまわることは病気の一種、いわゆる「離魂病」として認知されており、かつて夢とは生霊が遊び歩いている間に見ている光景と解釈されていた。そして生霊が歩き回ることを「あくがる」と言い、「憧れる」という言葉の由来とされている。「憧れる」は、古くは「あくがらす」。あたかも体から霊だけが抜け出して意中の人のもとへ行ったかのように、想いを寄せるあまり心ここにあらずといった状態にすることを「憧《あくが》らす」と呼んだ。

つまり想う心は体を抜け出し、心を注ぐ誰かの夢に辿り着く。あなたが夢で逢った誰かは、いつか現実で出会う人だ。

それが猿夢の最後のピース。庚申信仰と生霊信仰の複合系。因果応報によって死に至り、死の訪れを生霊が告げる怪異譚。誰かの想いをトリガーに引き起こされる、想う人・想われる人で共有する死の悪夢だ。

だから猿夢を打破する方法は簡単だ。

猿夢のアナウンスを〝口説き落とす〟。

そうすれば、死は決して訪れない。

「なるほど、〝夢の中は　夢もうつつも　夢ならば　覚めなば夢も　うつつとをしれ〟ってことか」

夢を見ている人にとっては夢こそが現実。ならば夢から覚めても、見ていた夢は現実と変わらない。

『続後拾遺和歌集』にある覚鑁上人《かくばんしょうにん》の作だ。

昔から論じられていることではあるが、夢と現実の境など曖昧なものだ。夢で出逢った怪異と現実で再会するなんてこともあるだろう。夏樹にとって幸運だったのは、怪異の正体が淑《しと》やかな少女だったことだ。

「というか、金城さん。もしかして俺のこと」

生霊となった彼女が猿夢として夏樹の夢に現れたのは、もしかして……。

そんな期待を胸に彼女を見れば、何のことはない第一声で否定されてしまった。

「え、あの、そうじゃ…なくて……。でも、藤堂君のことは……時々見てました……。私、図書室によくいますから。本を読んでるけど元気で、ちょっと変なとこもあるけど楽しくて。憧れ、てたのかもしれません」

「恋する相手」ではなく「こういう人」になりたいという意味で。

引っ込み思案で一人で本ばかり読んでいた彼女にとっては、同じ本好きだけど友達と馬鹿をやれる夏樹は憧れだったのかもしれない。もっとも夏樹が図書室で本を読んでいた理由は、本が好きという以上に八尺様とかくねくねとかについて調べるためという、割合のっぴきならない状況のせいなのだが。

「なんか、照れるな。じゃあ、改めて。俺は藤堂夏樹。よろしくな」

クラスメイトなのに今さらの自己紹介。奈緒は不思議そうに小首を傾《かし》げた。

だから夏樹は、にやりと笑う。

「名前教えてくれよ。今度夢で逢えたなら、しっかりと君の名前を呼びたいんだ」

それを聞いた彼女の、赤く染まる顔こそが見物《みもの》だった。

これで、猿夢の話はおしまい。

猿夢の中で逢った生霊は、少しばかり照れ屋な女の子だった。

猿夢が消えたわけではない。日々の悪行は、変わらず彼の中にある。それでも彼女がいたからこそ引き起こされた悪夢ならば、今後、夏樹が猿夢を見ることはないだろう。血生臭い出会いではあったが、そんなに悪いものでもなかった。

夢は常に寓意《ぐうい》を孕《はら》んでいる。夢における死は「願いの成就の象徴」であるのだ。だとすれば猿夢で死んだ者たちは、案外現実世界で誰かと結ばれているのかもしれない。

そう思えば、猿夢もそんなに怖いものではない。

この二人がどうなるかは、誰にも分からないことだけど。

「これで安心して眠れるよ」

「本当、ですね」

悪夢に悩まされていた二人は、安堵からゆったりと息を吐く。

ちなみに猿の異称を「ましら」と言い、これは獣の中でも和歌によく詠まれる言葉である。洋の東西を問わず山は神聖な場所であり、詩人にとっては詩的な霊感を与えてくれる場所だった。山神と同一視された「ましら」――猿は、和歌と切っても切れない関係にあった。

「でさ、まだ答え聞いてないんだけど」

「え？」

まだ混乱から立ち直れていない奈緒に、夏樹は重ねて言う。

「だから、〝うつつには　逢ふよしもなし　ぬばたまの　夜の夢にを　継ぎて見えこそ〟」

現実には会うこともないだろう。ならばせめて、私の夢に毎夜出て来てはくれないか。

夢の終わりに彼女へと送った短歌は、猿夢の続きを望む無謀な言葉だ。彼女はこれにどう返してくれるのだろう。

「ゆ、〝夢路には　足もやすめず　通へども　うつつに一目　見しごとはあらず〟……です」

なるほど、そう来るか。

今度は夏樹が顔を真っ赤にする番だった。

あなたの後ろのメリーさん

多分、どこかで捨ててきたのだと思う。

見つからないのなら、そういうことだろう。


とある日曜日の午後、藤堂夏樹は駅前の噴水広場できょろきょろと辺りを見回していた。

今日はせっかくの休み。昼食がてら買い物でもと思い、今は待ち合わせの最中だった。

相手は女の子なのだが、そう色っぽい話ではない。なにせ一緒に出掛ける女の子は藤堂里香、つまり二つ下の妹である。兄妹二人して恋人もおらず、休みの日はどうにも寂しくていけない。それに耐えかねたのか、「おにぃ、今日は私と買い物ね！」と里香が元気よく宣言した。

普段なら幼馴染《おさななじみ》の久美子と遊びに出かけたり、八尺様と一緒に散歩したり、最近では同じクラスの金城奈緒という女の子と図書館に行くこともある。しかし今日に限ってはなんの予定もなく、たまには妹の相手をするのもいいだろうと一緒に買い物をすることになった。

同じ家に住んでいるというのに里香の要望で外での待ち合わせをすることになったのだが、肝心の妹はいまだに現れない。約束の時間は二十分も過ぎている。もしかして忘れているのでは、と思い始めた時、ちょうど携帯が鳴った。

「里香、遅いよ」

何も考えず電話に出る。名前を確認もしなかった。

聞こえてきたのは、笑いをこらえるような女の子の声だ。

『もしもし、私メリーさん。今、あなたの家の前にいるの』

それはあまりにも有名な都市伝説。

「メリーさんの電話」だった。


とある少女が引越しの際、「メリー」と名付けられた古い外国製の人形をやむを得ず捨ててしまった。

その夜、少女のもとにいきなり電話がかかってくる。

『私、メリーさん。今、ゴミ捨て場にいるの』

少女は気味悪く思い電話を切るが、すぐにまたかかってくる。

『私、メリーさん。今、郵便局の近くにいるの』

電話が繋がる度に、メリーさんの現在地はどんどん自分の家に近付いてくる。

『私、メリーさん。今、あなたの家の前にいるの』

ついには、家までやって来た。

怯《おび》える少女。思い切って玄関のドアを開けるが、そこには誰もいない。

そして再び鳴る、最後の電話。

『私、メリーさん。今、あなたの後ろにいるの』

その後の少女がどうなったかを知る者は誰もいない。

それがメリーさんの電話。けたたましく電話を鳴らし、そっと背後に忍び寄る都市伝説だ。

話の筋書きは夏樹も知っていた。

だから、ふと思い出す。

ああ、そういえば捨てたっけ。

昔々、今の家に引っ越す前のこと。

大切にしてきたはずのものを、彼は捨てたのだ。


多くの話の類型において「メリーさん」というのは少女が名付けた名前になっているが、おそらくこれは間違いだろう。祖母から贈られたという点、そして西洋人形という点を下敷きにすれば、贈られた西洋人形が「メリー人形」だったとした方が自然だ。

メリー人形を説明するには、まず「青い目の人形」について語らねばならない。

青い目の人形は、昭和の初めにアメリカから日米親善使節として日本各地の小学校に贈られた、数多くの人形を指す言葉である。当時、日米関係は政治的緊張から悪化の一途を辿っており、対立を懸念したアメリカ人宣教師のシドニー・ギューリックは、少しでも日米間の緊張を緩和しようと親善活動を行っていた。その一環として日本各地の小学校に贈られたのが青い目の人形だ。

これらの人形は、シドニー・ギューリックの「日本の雛祭りに人形を贈ろう」との呼びかけによって全米から集められたもので、それぞれ名前を持っている。例えばナンシー、パトリシア、キャサリン。そして「メリー」。メリーと名付けられた人形は、一体ではない。日本各地の小学校に、メリー人形は贈られることになる。

「メリーさんの電話」の舞台設定を現代の2000年代前後とするならば、少女の祖母にとってもっとも身近な西洋人形がこの「青い目の人形」。おそらく幼い頃に通った小学校には、メリー人形があったのだろう。

しかし不幸なことに太平洋戦争に突入すると、メリー人形は敵性人形という理由でほとんどが廃棄された。中にはこっそりと保管されていたものもあるが、戦後に校舎改築を行った際に行方不明になったものも多く、現存する数は非常に少ない。皮肉なことに、メリーさんの多くは都市伝説と同じようにゴミとして捨てられたのだ。

さて、もう一つ注目したいのは、このメリー人形がそもそも雛祭りの人形として贈られている点である。女の子のお祭りとして有名な三月三日。雛祭りといえば雛人形だが、雛祭りがもともと呪術的儀式であったことは多くの有識者の知るところだ。

雛祭りの歴史は室町時代にまで遡る。その頃の雛人形は、今のように豪奢《ごうしゃ》な人形ではなく紙製で扱いも現在とは大きく異なっていた。紙製の雛人形を自身にこすり付け、穢《けが》れを人形に背負わせて川に流す。この「雛流し」と呼ばれる風習こそが雛祭りの原型であり、雛人形は本来厄払いの儀式に使用される呪物だった。

ところが次第に人形は精巧な造りとなり、値段も跳ね上がる。そうすると川に流すのはもったいないと、こうした風習は廃れていった。いつしか雛祭りの目的自体が変化し、「一年間子どもが無事だったこと」を祝う女の子の祭りとなった。

メリーさんの電話に登場する人形はメリー人形であり、それは西洋製でありながら雛人形としての特性を備えている。メリー人形は親善の証《あかし》として贈られながら、戦争によって憎悪の対象となり捨てられる運命にあった。そして、雛人形はそもそも穢れや厄をその身に溜め込み、川に捨てられる人形だった。さらに言えば、雛人形の「雛」とは、「雛形」を略したもので、雛人形とはもともと「人間を小さくしたもの」という意味を持っている。つまり、「自分の穢れを、自分と同じ形をした別のものに移す」という考えが雛流しの原義である。

ここから考えれば、メリーさんの電話という怪異を紐解く時に、「人形には魂が宿る」という定型句を用いるのは少しばかりズレている。

雛人形として贈られたメリーさんは、初めから穢れを溜め込み捨てられる運命にある。つまりメリーさんを動かしているのは魂ではなく、物語に登場する少女が押し付けた穢れであると言えるだろう。

メリーさんの電話は『私、メリーさん。今、あなたの後ろにいるの』と締めくくられているが、原典で少女が殺される描写がないのは、結末が分からないから。メリーさんは少女自身であり、彼女が背負わせてきた厄そのものである。ならば少女がどうなるのかは、彼女がメリーさんに何を背負わせてきたかによって変化する。

だから結末は語られない。

メリーさんの電話は捨てられた人形の復讐譚《ふくしゅうたん》ではなく、因果応報を語る説話に近い都市伝説なのだ。

だからきっと、あなたの後ろにメリーさんが来た時にどうなるかも、あなたしか知らない。


藤堂夏樹は、東京に住む曾祖母が大好きだった。

曾祖母はかつて華族の令嬢様だったらしい。『紫陽花《あじさい》屋敷』と呼ばれる豪邸に住んで、家内使用人の爺やにお世話をされていたのだとか。語る話は耳慣れないものばかり。昔、実際にあった出来事を面白おかしく話してくれる百歳近い曾祖母のことを、祖母よりも年上だから〝おおきいおばあちゃん〟と呼んで慕っていた。

そんな曾祖母がくれた古い西洋人形が、メリー人形だった。

『これはね、メリー人形というのよ』

『メリー人形？』

『そう。もうすぐ妹が生まれるのでしょう？　お兄ちゃんから、プレゼントしてあげて』

夏樹が六歳の頃の話である。妹ができると両親から聞かされて、それが嬉しくて〝おおきいおばあちゃん〟とそのことばかりを話していた。

俺、おにいちゃんになるんだ。どうしよう、女の子と遊んだことなんてないしさ。

エコー検査で生まれてくるのが妹と分かって、喜びはしたけど同じくらい不安だった。子供ながらに、妹と上手くやれるか真剣に悩んでいた。

『それなら、この人形をあげる』

それを見かねたのか、曾祖母がメリー人形をくれた。

妹が大きくなった時、これをプレゼントして一緒に遊べばいい。そうすれば、きっと仲良くなれるから。曾祖母はそう言って優しく微笑んでくれた。

『……なれるかな』

『ええ、当たり前でしょう』

『うん！』

受け取ったメリー人形は夏樹の宝物になった。

妹が生まれてきたら、このお人形で一緒に遊んで仲のいい兄妹になるんだ。

両親は、子供の名前をもう決めていた。里香。それが新しい家族の、自分の妹の名前。いつか出会う日が楽しみで、毎日母親のいる病院へ通った。

おかあさん、だいじょうぶ？　りかちゃん、まってるからね。

無邪気に語りかける小さな夏樹を、両親は微笑ましく眺めていた。

『…………え？』

けれど、妹が生まれてくることはなかった。

流産した。

父親がそう言った。言葉の意味は分からないけれど、俯《うつむ》く父親とすすり泣く母親の様子から、それがとても悲しいことだと知れた。

『ごめんね、夏樹。ごめんね……』

『どうしたの、おかあさん』

『里香ちゃんね、来られなくなっちゃったの』

涙を流して謝る母親にこそ、夏樹は泣きたくなった。勝手に期待したのは自分だ。妹ができるのは楽しみだったけれど、母を悲しませたかったわけではない。

『おかあさん、俺、大丈夫だよ。だから泣かないで。平気だから、おかあさんが平気でいられるように頑張るから！』

その翌日、夏樹はメリー人形を捨てた。

大好きな曾祖母からもらった人形でも、妹のためのものだ。きっとこれがあると母親は余計に悲しむと、子供ながらに理解できた。

メリー人形を燃えるごみの日に捨ててきた。一緒になって、いろいろなものを。

妹が生まれてこなくて、一番悲しんでいるのは母だ。

だから捨てた。メリー人形を、妹が生まれてくることが楽しみだと笑った日々を。

泣いている母を慰めたいと思った。

だから捨てた。母親に甘えて守られるだけだった幼い自分を。支えることはできなくとも、せめてもう一度笑ってほしいから。

いろんなものを捨ててきた。

そうして子供であることを捨てた夏樹は、ことさらに子供であろうとした。馬鹿をやって町中を走り回って、元気で手のかかる子供でいようと心に決めた。母が「このバカ息子！」と怒って自分の世話に大変な思いをして、忙しい毎日に急き立てられて……生まれてこなかった妹のことを、いつか忘れられるように。

家族の中で彼が一番に、里香という妹のことをゴミ捨て場に捨ててきた。

妹を楽しみにしていたのは、嘘ではない。夏樹だって里香のいる未来を想像していた。マンガでよくあるパターンだ。兄妹はとても仲良しで、いつも一緒にいて、「お兄ちゃんと結婚する」なんて可愛らしいことを言う。

『お前、その人形好きだよなぁ』

『えへへ、メリーさんかわいいね？』

夏樹の贈った西洋人形が里香のお気に入りで、無理矢理お人形遊びに付き合わされることもあるのかもしれない。

でも、そんな妄想はいらない。不必要なものはさっさと捨てて、今の自分にできることをやろうと思う。

メリー人形をゴミ捨て場に捨てた夏樹は、逃げるように背を向けた。歩きながら零《こぼ》れる涙を止められなかった。

幼い子供でいられた日々は、こうしてどこかに行ってしまった。

そうして、メリーさんは走る。

『今、公園を通り過ぎたの』

捨てられた人形は、何度も電話をかけて持ち主のもとへ帰る。

その結末は誰も知らない。

『今、コンビニの前にいるの』

メリーさんの電話を紐解く際、重要な二つの古い説話がある。

それは河童と笠地蔵である。

河童の起源でもっとも有名なものは「堕ちた水神」説であるが、そもそも河童の起源説話は地方によって多種多様で、一概にこれと決めることはできない。ここでは「メドチ」や「ひょうすべ」と呼ばれる東北の河童の起源説話にふれたいと思う。

何故、河童が川に棲むようになったか。

この起源を、東北では〝棄《す》てられた人形〟に求めている。

ある有名な大工が社殿を建てる時、人足が不足して約束の期日に遅れそうになったため、木を組み合わせてたくさんの人形を作り、魂を吹き込んで人足にして働かせた。しかし無事に建物が完成した後、必要のなくなった人形たちを川に棄てたという。

この人形が河童となった。棄てられた人形は、人を恨んで子供を川に引きずり込んで殺す。河童が川に引きずり込んで人を殺すのは、そこが自分の領域だからではなく、かつて自分が人に同じことをされたからそれを返しているに過ぎないのだ。

笠地蔵に関しては説明するまでもないだろう。

お爺さんから受けた恩を返すために、地蔵が動いてお爺さんのもとへ辿り着く。古来より受けた恩や怨みを返すのは、人形にとっては当たり前のことだった。

だからメリーさんの電話は、単体では怪談になり得ない。メリー人形は、あくまでされたことを返す存在。人形を捨てたことのない人のもとに来るはずがないし、来たとしても、あなたがその人形を大切にしていたのなら何も起こらない。

ただし、捨てたことに対する報復くらいはあるかもしれないが。

『今、駅が見えてきたの』

ともかく、メリーさんは走る。

約束の場所に辿り着くため。いつか捨てられた想いを届けるために。


夏樹はそれを駅前の噴水で待ちながら、里香のことを考えていた。

生まれてくるはずだった妹は、亡くなってしまった。ならば、今いる二歳年下の妹は何者なのだろう。

分からないままそれを受け入れた。両親も夏樹も。歪《いびつ》なまま家族を構築してしまった。両親が何故それを受け入れたのか、どれだけ考えても彼には分からない。

なにも明確にできないまま悪戯《いたずら》に時が過ぎた。母親を慰めたくて子供であることは捨てたけれど、大人になれるわけでもなく。子供でも大人でもない中途半端な夏樹は、こうして今も妹が来ててきた。

　そうして捨ててきた沢山のもの。幼い憧れだったり純粋に笑える心だったり、あるいは何も知らずにいられた子供の自分。例えば、妹が欲しいと思っていたことも。みんな道行きの途中で捨てて、持ちきれないものが増えていった。

　あの頃より少しは成長できているのだろうか。背が高くなって声も低くなった。力も強くなって色々なものを持てるようになったのに、何故だか昔は手にしていたはずのものが重く感じられ

「しっかし遅いなぁ」

るのを待っている。


　誰にだってあって、誰だって捨ててくる。自分はそれが分かりやすかっただけ。

　きっと誰もが気付かないうちに、メリーさんを捨ててくる。

　電話がまた鳴った。

　通話に出ると、受話器の向こうから少女の声が聞こえてくる。

『今、駅前の広場にいるの』

　さて、彼女はいったい誰なのだろうか。

　メリーさんの電話を素直に考えるのなら、捨てられた人形？

　メリー人形が雛人形なら、自分自身。

　それとももっと、得体の知れない何かなのか。

　けれど彼女は、こう言ってくれた。

『おにぃのこと、大好きだよ！』
それは確かに、昔夏樹が抱いた想像だ。だから多分、彼女は帰って来ただけなのだ。
いつか捨てた想いが、少しばかり形を変えて。

◇

私は走る。
私を捨てた、あなたのもとへ。
お母さんのために、自分の心を捨てて笑った。
泣かせたくないから振り返ることもしなかった。
でも知っている、去り際に流した涙のことを。
生まれることさえなかった私を愛してくれた。
生まれることさえなかった私のために、泣いてくれた。
捨ててきたものはいくつもある。
大切に抱えて、それでも零していったものは数え切れない。
優しいあなたは、きっとそれを悲しむだろう。
だから私はあなたの後ろに。
あなたが取りこぼした想いを、残さず拾っていけるように。
何度でも、何度でも、電話をかけて。

何度でも、何度でも、あなたの後ろに。

私は、そのために還ってきたのだから。

◇

『今、駅前の広場にいるの』

また電話がかかってくる。

何者かは分からないけれど怖くはない。彼女の傍にいると、あの頃のように笑えるから。

夏樹は困ったように、小さな笑みを浮かべる。

「まあ、それでいいんだろうな、きっと」

生きていれば、そんなことだってあるだろう。

その是非を問うことはできないけれど。いつか、失くした想いは巡り巡ってあなたのもとへ。

メリーさんの電話の語るストーリーは、つまりそういうことだ。


これでメリーさんの電話の話はおしまい。

原典と何も変わらない。捨てた人形が遠回りして戻ってきただけのこと。子供だった自分や、生まれてくることさえなかった妹への愛情とか、昔抱いた未来への想像なんかも。まとめて全部引き連れて、メリーさんは帰ってきた。

そうして最後のコール。

夏樹は電話に出ようとして、後ろから抱き付いてきた妹に思わずたたらを踏む。

「へっへー、おにぃ、お待たせ！」

離れる気は毛頭ないらしい。里香は後ろから覆いかぶさると、夏樹の頬に自分の頬を擦り合わせてご満悦である。

「おい、離れろよ」

「だめー。おにぃの背後は、私専用だもん」

「なにそれ、こわい」

メリーさん専用の背後。恐ろしい表現だ。

ああ、いや、「さとるくん」や「リカちゃん」が来られなくなると考えれば、そう悪いことでもないか？

そんなことを思いながら、夏樹は鳴り続ける携帯電話に出る。

「はい、もしもし」

自分の声と、里香の持つ携帯から発される声が重なる。

もう辿り着いたのだから、電話に出る必要はない。けれど、あえて出た。お話の終わりには、ちゃんとオチをつけないといけない。

「メリーさん、今どこですか？」

おどけたような夏樹の物言いに、メリーさんは背後からそっと彼を抱きしめる。

そうして静かな笑みで紡ぐ。

生まれてくることができなかった女の子は、何かの間違いか小さな奇跡か、彼の下に辿り着いた。自分のせいで泣かせてしまった彼に、いつか言えなかった、いつも言いたかった言葉がある。

だから少女は、耳元で囁くように言った。

「今、あなたの後ろにいるの」

ちゃんと、あなたの後ろにいるよ。

今も、これからもずっと。


ちなみにメリーさんの解釈に河童を用いたが、河童には天敵がいる。

河童は人だけではなく、馬を川に引きずり込むことが多い。そのため馬を守護する動物とは、とにかく相性が悪い。

では、馬を守護する動物とは何なのか。

日光・東照宮には、神厩舎と呼ばれる馬屋がある。ここは神の使う馬がおわす場所であるが、神馬を守るために、とある動物の彫刻がある。

誰もが一度は聞いたことがあるだろう。

「見ざる・聞かざる・言わざる」の、いわゆる三猿である。

猿は元々が太陽神の使いであるため、獣でありながら非常に強い退魔でもある。そして馬を守護するその特性から、河童の天敵であると考えられた。河童の起源を人形とするならば、猿は人形退治のエキスパートであるともいえる。

だから以下の流れもまた、当然の帰結だろう。

「あの……もしもし……」

『はーい、久美子ちゃんです。珍しいね、金城さんから電話くれるなんて』

「今、駅前……にいるんですけど……。藤堂君が、その、女の子と抱き合ってて」

『分かった、今すぐ行く。ちょいと詳しく話を聞かせて』

その後どうなったかもまた、彼らしか知らないことである。

口裂け女 Ｍａｒｒｙ Ｍｅ？

誰もが知っている都市伝説がある。

曰《いわ》く、〝初恋は実らない〟。

初恋の人と結婚したという実話も多いのに、この都市伝説は今なお語り続けられている。

そして、もう一つ。知らない者がいないと言えるほど有名な都市伝説の女がいる。

彼女のことを、藤堂夏樹は今も時折思い出す。


「なっきってさ、案外モテるよね」

昼休みの教室。いつも通り久美子と一緒に昼食を食べていると、しみじみとそんなことを言われてしまった。

なんだそれ、と視線を送れば、彼女は真面目な顔だ。

「だって、金城さんでしょ。それに里香ちゃんに八尺様。数えただけで、なっきのこと好きな女の子、三人もいるじゃん」

「待て、なぜ妹を数に入れる」

実際、妹はかなり夏樹に懐いているが、当たり前のように好かれている女の子メンバーに入れられるのは少しばかり問題である。しかし、猿夢にメリーさん、八尺様。錚々《そうそう》たるメンバーだ。好かれて嬉しくないというわけではないが、なかなか引っかかるところがある。そういう人たちに縁があるということなのだろう。

「ちなみに、モテる秘訣は？」

おどけた調子で聞かれたが、胸には一抹の寂しさが過《よぎ》った。そもそも妹と幼馴染《おさななじみ》が、都市伝説に語られる存在。母親も似たようなものだ。秘訣と言うわけではないけれど。案外抵抗がないと言うのが、友好的になれる要素の一つなのかもしれない。

ああ、でも。いろいろと理由を考えていくうちに、懐かしい女性の横顔を思い出した。

「……初恋の人が、そうだったからなぁ」

零《こぼ》れたのは、答えになっていない答え。けれど夏樹にとっては繋がっていた。あの手の人たちに好かれるのは、きっと初めがそうだったからだ。彼女との出会いがあったからこそ、都市伝説を怖いと思う一方で、哀しい道のりを歩いてきた彼女たちに優しくなれる。

つまりは、叶わなかった初恋ゆえの今なのだろう。

「えーっと、はい？」

彼女のことは誰も知らない、夏樹だけの思い出だ。久美子もこてんと小首を傾《かし》げて不思議そうな顔をしている。

詳しく話すのは躊躇《ためら》われるが、いつだって傍にいてくれた久美子に隠しごとをする気にもなれない。だから夏樹は静かに、何でもないことのように言った。

「初恋の人の影響だと思う。俺の初恋の相手、口裂け女だったからさ」

《口裂け女》

1979年の春から夏にかけて日本で流布され、社会問題にまで発展した都市伝説である。『ワタシ、キレイ？』と問いかけ、その答えいかんによって鎌で斬り殺す女性の怪異。おそらくは、もっとも有名な都市伝説の女だろう。

昔語りをするほどに年を取ったつもりはないけれど、口裂け女の物語を聞く時、夏樹はどうしても感傷的になってしまう。赤いコート。長い黒髪。顔の半分を覆うマスク。手にした鎌。夕暮れに映し出されたシルエットは、恐怖よりも哀切を誘う。

なにせ中学生の頃、彼は二つの都市伝説を同時に経験した。「初恋は実らない」と「口裂け女」。この二つは、今も彼の胸に刻まれている。

「そういや俺、明日休むから」

「ええ、どしたの？」

その言葉を口にするのは、ちょっと胸が痛いけど。

心配をかけないように夏樹は小さく笑った。

「知り合いの結婚式に呼ばれちゃってさ」

ここから先は昔話。

甘酸っぱくもなれなかった、中途半端な初恋の話である。

中学二年生の頃、夏樹は近所の「みさき公園」に毎日のように通っていた。久美子には、そのことを話さなかった。さすがに一番仲のいい女の子と一緒に行くのは躊躇われた。隠していたわけではなく、単に恥ずかしかったのだ。

今日もコンビニで菓子パンと飲み物、キャンディーを買ってきた。公園に入れば、いつものようにベンチに彼女がいる。

「おねーさん、これ。差し入れ」

「アリガ…トゥ……」

返ってくるのはくぐもったような声だが、夏樹は気にせず話しかける。二人でベンチに並んで座る。いつの間にか時間は過ぎて。そんな夕暮れ時が、お気に入りだった。

彼女と知り合ったのは、本当に偶然だ。お世辞にも真っ当とは言えない出会いだった。そもそも彼女自身が、世間一般の感性から言えばまともではなかった。

「やっぱり、飴《あめ》好きなの？」

「……ゥ」

こくんと頷き、飴をかみ砕いて飲み込む。口の中のものがなくなったのを見計らってペットボトルのヨーグルトドリンクを渡すと、彼女はマスクを取ってそれを乱雑に呷《あお》った。唇の横から垂れたのは、仕方のないことだろう。

「おいしい？」

「ウン……」

笑顔と共に吊り上がる、裂けた口角。

有体《ありてい》に言えば、彼女は口裂け女だった。


彼女との出会いは思い返すと恥ずかしい、ひどく情けないものだった。

学校帰りに友達の家で遊んだ、その帰りのこと。空はもう夕暮れに染まり、「誰《た》そ彼は」と問うような時間帯に差し掛かっていた。

今日の晩御飯はなにかな、なんて考えながら小走りに家路を辿る。

『うわああ⁉』

道中で突如聞こえた野太い悲鳴。はっとなって顔を上げれば、自分のすぐ横をサラリーマンが猛烈な勢いで走り抜けていく。

好奇心旺盛なところが幸いしたのか不幸だったのか、彼は何の気なしにサラリーマンが出てきた公園へと足を向けた。

角を曲がり、そこにいた彼女を見てびくりと肩を震わせる。

真っ赤なベレー帽、真っ赤なロングコート、真っ赤なハイヒール。腰まで伸びた長い髪は手入れがされていないのか、水分がなくパサついている。他の特徴は、細身で長身くらいか。そこまでだったらよかったが、彼女の手には赤錆の付いた、刃物として使えるかも分からないようなくすんだ色の鎌がある。赤に統一された出で立ちだからか、唯一白い口元を覆うマスクがやけに目を引いた。

　初めて見る彼女のことを、夏樹はよく知っていた。むしろ知らない人を探す方が難しいだろう。元祖ともいうべき都市伝説の女、口裂け女がそこにいた。

　口裂け女は、１９７０年代に驚異的に流布された都市伝説だ。

　学校帰りの子供の前に一人の若い女性が現れて、マスクをしたままその女は問う。

『ワタシ、キレイ？』

「綺麗だ」と答えると、『そう、これでも……？』と言いながら女はマスクを外す。その口は、耳元まで大きく裂けていて、あまりの恐怖にその姿を見た者は死に至る。「綺麗じゃない」と答えた場合は、容姿をけなされた彼女が激昂し、答えた者は鎌や鋏《はさみ》で斬り殺される。どちらにしても、死に至る結末は変わらない。都市伝説の中でも圧倒的な知名度を誇る、かつて子供たちを恐怖のどん底へ陥れた存在である。

　夏樹が逃げなかったのは、足が竦《すく》んでいたからだ。情けなくも体を震わせて、立ち尽くしていた。口裂け女の話を知らないわけがない。問われたら殺される。走って逃げても足が速いから追いつかれて殺される。出会った時点で終わり。口裂け女はそういう怪異なのだ。

　だから、いきなり鳴った彼女のお腹の音に、夏樹の目が点になったのは仕方のないことだろう。

　怖くなかったと言えば嘘になる。なにをしても殺される。そういう逸話がある以上、抵抗は無意味だ。たまたま友達の家でもらったお菓子を差し出したのは、仲良くなるためではなく恐怖心から。媚《こび》を売れば助かるかもしれない、そういう打算があったからだ。あの時は、それが最善のように思えた。

口裂け女に食べ物を差し出すと、彼女は拙《つたな》いながらも『アリガ……トゥ……』とお礼の言葉を絞り出し、そのまま公園の隅っこの目立たない木の下まで移動して食べ始めた。

その隙に逃げてもよかったのに、逃げなかったのは何故だろう。

ただ彼女は、『ワタシ、キレイ?』とは問わなかった。それに、あのサラリーマンが逃げてすぐに彼女と出会ったのにマスクをしていた。つまりマスクを取る前にサラリーマンは逃げて、けれど口裂け女は追わなかった証拠だ。そのせいか恐怖心は幾分か薄れていた。

『コレ……』

口裂け女は、離れた場所で覗《のぞ》き見ていた夏樹に近付いてきてお菓子を手渡す。気を遣ってくれたのだろう。もともと夏樹があげたものなのだから何か間違っているような気もするが、彼女が優しいということだけは理解できた。

『あ、いただき、ます?』

そう答えて、今度は二人で木の下に移動した。おっかなびっくり彼女の隣に座って、一緒になってお菓子を食べる。

食べ終わったら彼女はもう一度お礼を言って、ふらふらと幽鬼のように公園を去っていった。

夕暮に染まる彼女の後ろ姿が、何故かひどく寂しげに見える。

もう怖くないのに、夏樹は立ち尽くしたままその背中を見送った。

そんな意味の分からないやり取りが、最初の出会いだった。

「ウマ…ウマ……」

「おねーさん、それは口で言うことじゃない」

それが数日後にも公園で並んで座っているのだから、分からないものである。

口裂け女は鼈甲飴《べっこうあめ》を口の中で転がして、ご満悦の様子だ。そんな姿をかわいいと思ってしまう時点で、夏樹は結構ダメなところまで来ているのだろう。珍妙ではあるが、幼馴染にくねくねがいてメリーさんが妹なのだから今さらだ。

二度目の接触は夏樹からだった。あの寂しそうな様子が気になって、まだこの辺りにいるのだろうかくらいの気持ちで公園付近を見回すと、本当に口裂け女を見つけてしまった。一瞬警戒したが、彼女はこちらに気付いていない。少しの間遠くから観察をしてみる。とぼとぼ歩くその姿は、まるで迷子のように頼りなかった。

急いで近くのコンビニで差し入れになりそうな食べ物を買うと、それを片手に声をかけた。

『お、おねーさん！　ま、また会ったね』

少し声が上ずってしまったのは、恐怖よりも緊張からだ。殺されるかもしれないなんて考えなかった。楽観ではない。そもそもこの口裂け女は、出会った時から誰も傷つけていない。なにより、こんなに穏やかな目をする彼女が誰かを殺すなんて、どうしても思えなかった。

つまり子供だったのだろう。自分の判断が正しいのだと、意味もなく信じることができたのだから。殺されなかったのは結果論に過ぎず、同じくらいの確率で無惨に死ぬ結末だってあった。

けれど幸運なことに夏樹は生き残り、口裂け女と談笑するような関係になれた。

そして、最初の出会いから一か月。学校帰り、夕暮れに染まる公園で口裂け女と一緒にコンビニのパンを食べたり飴を舐めたりするのが、すっかり日課になっていた。

「でさ、うちの爺ちゃんが安売りでビールを箱買いしてきたはいいんだけど、酒盛りしてたら一日で全部飲んじゃって。家族総出でお説教だよ」

「……ゥ……」

彼女はほとんど喋らないから、少しでも盛り上げようと必死になって話題を探す。たまに笑ってくれるのが、なんだかとても嬉しかった。口裂け女の定番である、「ワタシ、キレイ？」という問いを口にすることもない。

放課後、陽が暮れるまでのほんのわずかな交流。「おねーさん」に会うために、夏樹は毎日公園へ訪れる。幼馴染の久美子にも内緒だ。二人きりの秘密の会話は、お気に入りの時間になっていた。毎日が楽しい。こんな日々がずっと続いていくと思っていた。


口裂け女の起源として語られる説は、非常に多い。

有名なところでは、以下のものだろうか。
・江戸時代、農民一揆《いっき》の後に処罰された多くの農民の怨念が、特に犠牲者の多かった白鳥村（現・郡上《ぐじょう》市）に今なお残っている。これがいつしか妖怪伝説となって近辺に伝播《でんぱ》し、時を経て口裂け女に姿を変えた。

・明治時代中期、滋賀県信楽《しがらき》におつやという女性がいた。彼女は山を隔てた町にいる恋人へ会う際、山道で妙な男に襲われないよう変装したという。その姿は白装束に白粉《おしろい》を塗り、頭は髪を乱して蝋燭《ろうそく》を立て、三日月型に切った人参を咥《くわ》え、手に鎌を持っていた。この姿が口裂け女を想起させ、噂として定着した。
・CIAが噂の拡散度合いと速度を調べるために流したデマ。
・整形手術が失敗し、醜くなった容貌。その恨みから自身の容姿をけなす者を殺すようになった。比較的近代の怪人だからか、医療ミスを起源とする説は多い。しかし本来、口裂け女は非常に古い歴史を持つ怪異で、一説によれば1754年まで遡ると言われている。江戸時代の怪談集『怪談老の杖』には、江戸近郊に狐が化けた「口裂け女」が現れた話が記されている。
　雨の町を歩く青年は、道の途中でずぶ濡れの女を見つける。体を壊してはいけない。傘に入るよう誘うと、振り向いた女の顔は口が耳まで裂けていた。

　青年はあまりの恐ろしさに腰を抜かし、気がつけば老人のように歯が抜けた呆《ほう》けた顔になり、言葉も話せなくなった挙句、息を引き取ったそうだ。

同じく江戸時代の話に、「吉原《よしわら》の怪女」というものがある。

吉原の遊郭で女郎たちの話し声を廊下で耳にしたとある客が、何を話しているのか聞こうと座敷へ近づいた時、同じ座敷へと歩く太夫《たゆう》の姿があった。

　客の男が戯《たわむ》れに裾を引っ張ると、太夫は振り返って顔を見せる。すると振り向いた女の顔は、日月のごとく輝く眼と耳まで裂けた口という恐ろしい容貌をしており、睨《にら》みつけられた男は気を失って倒れてしまったという。

江戸時代における口裂け女は、能動的に人を殺す存在ではない。百鬼夜行《ひゃっきやこう》と同じく「出会ったら不幸になる」類の怪異である。都市伝説の口裂け女とは相違点も多く、現代の口裂け女と等号で結ぶのはおかしいと考える者も多い。口の裂けた女に対する恐怖というイメージの大元ではあるかもしれないが、現代の口裂け女そのものではない。

これらは口裂け女という名の古典妖怪と考えるべきだろう。現代の都市伝説としての口裂け女との関係性を考えるにあたっては、八尺様を引き合いに出すのが理解しやすい。

山姫・山女といった古典妖怪は時代が下ると共に忘れ去られ、現代において追加要素付きでリメイクされたことで新しい怖い話の「八尺様」となった。同じように一部の人間が知っていた「古典妖怪・口裂け女」に様々な追加要素を与えられて、「都市伝説・口裂け女」は生まれたのである。

妖怪としての口裂け女は出会うと不幸が起こる怪異であり、都市伝説の口裂け女は問いに対してどう答えても死をもたらす怪異である。一見すれば別物としか思えないが、現代の都市伝説・口裂け女を紐解く時、江戸時代の怪談は避けては通れない。

また、口裂け女を考察するうえで、非常に重要な資料が存在する。霊能力を持つ教師が悪霊を退治する学校の怪談的ホラーアクションを描いた、とあるマンガ作品だ。一定の年齢の方ならば読んだことのある人も多いかもしれないが、この漫画では、口裂け女を犬神憑《いぬがみつ》きであると語っている。

事実、口裂け女は動物霊と親和性が高い。『怪談老の杖』では、正体が狐。『絵本小夜時雨《えほんさよしぐれ》』に描かれる「吉原の怪女」では、顔に毛の生えた毛むくじゃらの容貌、つまり獣の怪異として描かれている。

現代の都市伝説も、また同じ。そもそも口が裂けた容貌自体がイヌ科動物の特徴であるし、現代の口裂け女には目が狐、声が猫というあからさまな動物としての特徴がある。

つまり、古典妖怪としての口裂け女の正体は動物。おそらくは狐。もっと言うのならば、「来つ寝」だった。

来つ寝とは、狐の語源である。

『日本霊異記』には、とある男が来つ寝を妻として子を孕ませるという話が記されている。日本には古い時代から獣娘が存在していたのである。ここで重要なのは、『日本霊異記』において来つ寝が艶めかしく男性を誘う存在として扱われる点だ。そもそも狐というのは遊女の俗称でもあった。

また、『怪談老の杖』では、直接的に狐が正体とされている。「吉原の怪女」は作品の中で狐とは語られないが、絵巻では遊女であり獣の怪異として描かれる。

だから、江戸時代の口裂け女は能動的に人を殺さない。人を化かして〝びっくりさせる〟のが狐の怪異の本懐だ。本来、彼女自身の気質は決して危険なものではない。

そしてこれらの怪談が狐――遊女に端を発し、そのうえで不幸になるという点を加味すれば口裂け女の原義とは、

「男が口裂け女（遊女）と出会い、不幸（散財？　性病？）になる」

女遊びの末に不幸になる、男の自業自得を描いた物語だと言える。

さらに付け加えれば、口裂け女といえば鎌であるが、鎌にも隠された意味がある。鎌というのは古い時代、「密告」の隠語だった。こう考えてくると、「男が口裂け女（遊女）と出会い、最後には鎌（密告）で殺される」という話になり、完全に女遊びがばれて家庭を駄目にした男の末路を指したものという見方ができる。

こういった古い時代の口裂け女＝遊女をもとに作られた都市伝説もまた、それほど危険な存在ではなかった。

実際、最初期の目撃例だと人を殺さない。

1979年3月に発売された週刊誌に掲載された口裂け女の行動は、こうなっている。

『赤いコートの女が道端で問う。「綺麗だ」と答えると家までのこのこついてくる。「ブスだ」と答えるとマスクを外し、耳まで裂けた口を見せつけびっくりさせる』

美人だと答えるとマスクを外すとされる、今に伝わる都市伝説とは逆。このように、本来、口裂け女はブスだと答えても人を殺さず、綺麗と言われればホイホイついて行く少しかわいいところのある怪異なのだ。

では、なぜ彼女は人を殺すようになったのか。

なんで『ワタシ、キレイ？』と問うのだろう。

「なっき、一緒に帰ろうよー」

「ごめん、みこ。ちょっと用があるからさ！」

「えっ、あっ……もう」

放課後が楽しみで仕方がない。今日も公園に向かう。誰かに見られると困るから、植えられた木の陰になって目立たない場所で隠れるように、陽が暮れるまで彼女と話す。

「おねーさんって、そう言えばどこに住んでるの？」

「ジン……ジャ」

「じんじゃ、神社。ここの近くだと、ああ、あそこの小っちゃいとこ。なんだっけ、名前？」

そう言えば口裂け女の説話には、神社や公園に住んでいるといったものがある。その手の噂も踏襲しているのか、と妙なところで感心してしまった。

頷《うなず》く夏樹を眺める彼女の目はいやに優しくて、はたと視線が合って思わず顔が赤くなる。口が裂けていて、それを隠す大きなマスクをしている。けれど夏樹にとっては、お話によく出てくる「綺麗なおねえさん」なのだ。

「あ、はは。そ、そうだこれ！　差し入れの飴！」

照れ隠しから差し出した飴を、口裂け女は嬉しそうに受け取る。ころころと口の中で転がす様は、外見以上に可愛らしい。邪気がないとでもいうのか。数多《あまた》を殺す都市伝説には相応《ふさわ》しくなかった。

しばらく話を続け、夕暮れはいつの間にか夜へ近付き、そうすればお別れの時間。いつも彼女の方から「夜道は危ないから早く帰れ」と促してくる。そう言う時、彼女はいつだって柔らかく微笑み、同時にどこか寂しそうな顔をする。

その表情の理由には、見当がついていた。彼女自身が「夜道は危ない」と言われる要因の一つ、恐怖の代名詞だ。自分でもそれが分かっているからこそ、彼女は泣き笑うような表情で見送る。それが悲しくて夏樹は俯いた。

一か月以上、一緒にいるのだ。彼女が人を殺していないことくらい知っていた。もともとの口裂け女は人を殺さない。夜道で誰かをびっくりさせるだけの怪異。だというのに、「自分みたいなのがいると危ない」なんて言って夏樹の心配をしてくれる。

夏樹はそんな彼女が、当時は意識していなかったけれど、きっと大好きだった。

「……うん、帰る。あ、でもさ。夜道は怖いから、途中まででいいから一緒に帰ってくれない？」

そう言ったのは、「貴女《あなた》が優しい人だとちゃんと知っているよ」と伝えたかったからだ。

「…ア…ゥ……」

「さ、行こうよ。遅くなったら母さんに怒られるし！」

無理矢理彼女の手を引っ張って、暗い夜道も足取りは軽い。少しでも彼女が笑えれば、それでよかった。

しかし、それは軽率な行動だった。

『口裂け女が、男の子を攫《さら》うところを見た』

そんな噂が流れ、かつてのように小学校でも集団下校が義務付けられたのは三日後のことだ。

ホームルームで教師は言う。口裂け女が現れたという噂が流れている。本当かどうかは分からないが、刃物を持った危ない女性が町にいるのは事実だ。警察も監視を強めている。小学校で集団での登下校が決まった。中学校ではそんなことはしないが、キミたちも放課後は寄り道をせずに帰りなさい。

「うわあ、口裂け女ってなんだか懐かしい響きだね」

話を聞いた久美子は、そんな風に呑気な調子だ。

対する夏樹は混乱して、今にも泣きそうだった。

頭の中がぐるぐる回っている。

〝俺のせいだ。俺が、あんなことをしたから〟

二人一緒の帰り道、なんて喜んでいた自分を殴り飛ばしてやりたい。あんなことをしたから、おねーさんが大変なことになっている。

放課後になると夏樹は弾かれたように走り出し、一直線に公園へ向かった。差し入れを買っている暇もない。

はやく、おねーさんのところに行かないと。

走って、転んで、痛くて涙が滲《にじ》む。でも、早く彼女に会わないといけない。

そうして辿り着いた、夕暮れに染まる公園。夕日に伸びた長い影。赤いコートの貴女は、いつもの木陰でぼーっとどこかを眺めていた。

「お、おねーさん！」

警察が巡回していると聞いたけど、この辺りにはまだ姿も見えない。

よかった。最後の力を振り絞って夏樹は口裂け女の傍まで駆け寄り、呼吸を整えるよりも早く口を開く。

「おね、おねーさん。俺、あの。警察が！　口裂け女の噂があって！」

考えがまとまらない。気ばかりが急《せ》いて、出てくる言葉は支離滅裂だ。気付けば泣いていた。

迷惑をかけてしまった。ごめんなさいと言いたいのに、うまく形になってくれない。

なのに彼女は、そっと優しく頭を撫でてくれた。

「ゴメン…ネェ……」

目を細めて潤んだ瞳で彼女は謝る。

迷惑をかけてゴメン、私みたいなのが傍にいてゴメン。

「でも、うれしかった……ありが、とう、ね」

その言葉で分かった。彼女は、ここでさよならをしようとしている。

「違うんだよぉ、俺。おれ……」

本当は、もっと一緒にいたかった。並んで飴を舐めていろいろ話して、貴女が笑ってくれる。そんな時間が大好きだった。嬉しかったって、ありがとうって。そう言いたかったのは、自分の方だ。

伝えたいことは沢山あるのに、後から後から涙が溢れてくる。嗚咽《おえつ》に阻まれて、結局、何も言えやしない。

「きゃああ⁉　誰かぁ⁉」

公園を出ていこうとする口裂け女と、追い縋《すが》ろうとする泣き顔の少年。それを偶然にも見てしまった主婦は、救いを求めて叫びを上げる。

それでおしまい。口裂け女は逃げ出した。手を伸ばそうとしても足が速いから、届かないで空を切る。公園の出口で彼女は振り返り、最後の未練を絞り出すように呟く。

『ワタシ……』

キレイ？　と、言葉が続くことはない。そのまま背を向け、今度こそ振り返らずに去っていく。

何も言えないまま、夏樹は彼女の背を見送った。

あの時、なんと返してあげればよかったのか。

子供だった彼には分からなくて、中途半端なまま恋にもなれなかった物語は終わりを告げた。


口裂け女は、原義においてキツネでしかなかった。

しかし、時代が下って彼女の存在が流布されるに従《したが》い、そのままではいられなくなった。ただ人を驚かせるだけだった彼女は、その歴史が古いために様々なものを背負わされる。

誰かが語る。

「農民一揆で処刑された農民たちの呪いが、彼女を作ったのだ」

その手には、鎌が持たされた。

誰も殺すはずのなかった怪異は、殺す術《すべ》を手に入れてしまった。

誰かが語る。

「いやいや、そのモデルはおつやという女性だ」

情念をもって動く女性。丑《うし》の刻参《こくまい》りを思わせる服装から、殺害を是とするキャラクターが付けられた。

時代が変わっても、例えば「整形手術の失敗」から誰かを憎む心が加えられたりした。口裂け女は都市伝説として成立する際も、その後も、原義から離れて様々な要素を背負わされていく。もはや始まりを知るものは誰もいない。

だから口裂け女は問う——『ワタシ、キレイ?』と。

そうしなければ、口裂け女は自身を定義できない。彼女は都市伝説でありながら妖怪であり、同時に現実の犯罪者であり、整形手術の被害者であり、亡霊であり怨霊であり。もはや自分が何者かも分からなくなるほど違うものに変わってしまった。

彼女は問わなければならない。容姿の美醜を聞きたいのではなく、その問いを口にすることで自分は口裂け女という怪異であると知らしめるために。そうしなければ自分を定義できない。

歴史を長く持つが故に、いくつも派生は生まれた。長くを生きたが故に、始まりを失くした。もはや自分が何者かも思い出せなくて、何者でもいられなくなった女。それが口裂け女という怪異だ。

都市伝説として誰かを殺して町をさ迷い、帰る場所も分からない。それでも彼女は問う。綺麗と言ってくれる人でも醜いと罵《のの》る人でも、まあまあなんて上から目線で語る人でもない。自分が何者であるかを教えてくれる誰かを探して、彼女は夕闇を歩く。

『ワタシ、キレイ?』

お願いだから教えてください。

わたしは、誰ですか?

口裂け女はいつだって、そう問うている。


そうして訪れた、「知り合いの結婚式」の当日。夏樹は郊外の古びた教会にいた。

結婚式なんていっても、招待客は誰もいない。新郎新婦の二人以外は夏樹だけ。

こんなので結婚式なんて呼べるのかは分からない。それでも新婦は嬉しそうだった。

「ヒサ…シブリ……」

「うん、久しぶり。おねーさん」

大きなマスクを付けた若い女性。あの時出会った口裂け女は、再び夏樹の前に姿を現した。

もう何年も経っているけど、あまり外見は変わっていない。強いて言えば、赤いコートが白いウエディングドレスに変わったくらいだろうか。全身白装束は赤と対をなす口裂け女の特徴。だから、別段不思議なことでもない。

「びっくりしたよ、いきなり手紙なんて来るからさ」

「ゴメン…ネェ……」

でも、君には知っていてほしかったから。誰からの祝福もいらないけど、君にだけは一緒に喜んでほしかったから。

　彼女の目が、そう語っている。

　二人だけの結婚式に夏樹だけは呼んでくれた。案外、彼女は弟のように思っていてくれたのかもしれない。恋心は一方通行でも、ちゃんと彼女の方も思っていてくれたと知ることができたから、おねーさんのために夏樹は弟としてあろうと決めた。

「おめでとう、おねーさん。俺、自分のことみたいにすっげぇ嬉しいよ」

「アリガ…トゥ……」

　今なら分かる。あの時、なんで『ワタシ、キレイ』と問わなかったのか。たぶん彼女は何者でもない、ただの「おねーさん」として傍にいようとしていてくれたのだ。そんなことに後になって気付くのだから、どうしようもないと小さく笑った。

　ちらりと、遠くで待っている新郎に目をやる。口裂け女と結婚する彼は、目が見えないらしい。盲目の青年と結婚する口裂け女の話は、一時期電子掲示板を賑わせた小話だ。まさかそれを目の当たりにするなんて思わなかった。

　目が見えない彼は、彼女の姿を知らないから恐れずに結婚しようと思ったのか。あるいは他に理由があったのか。分からない。あの日去って行ってからも、いろいろあったのだろう。それは彼女と彼の物語。夏樹には立ち入れないストーリーだ。

　初恋にもなれなかった物語は終わった。今の彼の立ち位置は、新郎新婦を祝福する脇役でしかない。人が知ることのできる範囲には限りがある。どれだけ聡明な人間でも、どんなに努力しても、人は自分の見ているものしか見えていない。だから彼らの物語は、彼らしか知り得ない。

頭では分かっている。けれどそう思うことが少し切ない。

「な、そろそろ時間だろ？　新婦さんが新郎待たせちゃダメじゃん」

「…ウン……」

躊躇わず小さく手を振ってから、口裂け女は新郎のもとへ駆けていく。白い大きなマスクは相変わらず。あの頃の赤いシルエットではなく純白のドレスをまとう彼女は、口元こそ見えないけれどきっと心から笑っているはずだ。

夏樹にはできなかったことを、新郎の彼はやってのけた。この結末は当たり前だった。


これで口裂け女の話はおしまい。

夕暮をさ迷い問いかける怪異は、道行きの果てに大切な人のもとへ辿り着く。

口裂け女が白い衣服を着るのは返り血が目立つようにだと語られているが、きっとこれからの白は意味合いが違う。

……それが他の誰かのためだというのは、やっぱり切ないけれど。

「あーあ、ちくしょう。さえないなぁ、俺」

彼女には聞こえないよう、舌の上で言葉を転がす。

多分、初恋だった。まだ子供だった頃、恋をした。哀しそうに笑うから、心からの笑顔が見たかった。貴女には笑っていてほしくて。でも、今はもう貴女を受け入れてくれる人がいるんだね。

それが嬉しいような、ちょっとだけ寂しいような。ああ、違う。きっと一番は、悔しいという感情だ。

「……やっぱり、初恋って実らないんだなぁ」

ぼやくように零せば、何かを思い出したのか軽やかに口裂け女が振り返る。マスクをしていても分かるくらいの笑顔を浮かべていた。

どうしたの？　なんて問わない。彼女の言葉を邪魔してはいけない。

彼女は一度深呼吸をすると、ドレスの裾をつまんでくるりと舞うようにたなびかせ、お決まりのセリフを言った。

「ワタシ、キレイ？」

その問いは、もう都市伝説としてのものではない。けれど夏樹は悔しいから、素直に綺麗だなんて言えなかった。それでもいつか恋した人を醜いとも思えなくて、涙が零れないよう精一杯の笑顔で答える。

「それはパートナーに聞いてくれよ。これから一緒に歩いていくんだろ？」

何者にもなれなかった口裂け女は、大切な人に出会って自分を定義する。

狐ではなく、娼婦ではなく、人を殺す怪異ではなく。

〝あなたのパートナー〟

そんなありふれた言葉が、今の彼女だ。その相手が自分ではないことが悔しいなんて、幸せそうな彼女の前では口が裂けても言えそうにない。

「うれしかった、ありが、とう、ね」

以前も聞いた言葉は、以前とは違う意味で。

はっきりと理解する。ああ、これで自分の初恋は本当に終わったのだ。

「こちらこそ。俺、おねーさんに会えてよかった」

強がりだけど、掛け値のない本音だ。彼女が本当に綺麗だったから、隣にいるのが自分でなくてもいいと素直に思えた。そう思えたことが誇らしかった。

並んで立つ仲の良さそうな新婚夫婦。眩しくて視界が滲む。見上げれば広がる青い空は、彼女の門出に相応《ふさわ》しい。

夏樹は大きく口裂け女に手を振り、いつかの恋にはっきりと別れを告げた。

トンカラトン無頼伝

「ねえ、あれ……」

「まあ、いやだ」

放課後、夏樹が商店街を通ると、買い物中の主婦たちがなにやら不愉快そうに眉をしかめていた。倒れている男を指さしながら、ひそひそと話し込んでいる。

あんまりな態度だと思ったが、ある意味納得できる光景でもあった。なにせ道の端で力なく四肢を放り出している件《くだん》の人物は、腕や胸の辺りに包帯を巻いていて手には刀を持っている。傍らには、壊れた自転車が転がっていた。およそ真っ当とは思えない。ヤクザくずれか犯罪者にしか見えなかった。

誰だって変な騒動に巻き込まれたくない。遠巻きに嫌そうな顔をしている人々も、普通といえば普通の対応だった。

「……はら、へった」

ぐぅ、と大きな腹の音が鳴る。男は体調を崩しているのかと思えば、単にお腹を空かせているだけらしい。怪我をしてないのなら安心だが、そうなると彼の放つ気配と相まって包帯と刀の意味が変わってくる。周りの人たちは危ない輩《やから》のように見ているが、夏樹は彼が何者であるかを察してしまった。危ない、という意味では合っているのかもしれない。

「……やっぱり、ほっとくとまずいんだろうなぁ」

自転車、包帯、刀。ここまで揃えば、もはや言いわけは通用しない。

高校二年生の六月のこと。そろそろ夏の兆しが見え始めた時期に、夏樹は下校の途中で見つけた行き倒れ男——「トンカラトン」と妙な縁を紡いでしまった。


トンカラトンとは、赤マントや口裂け女と同じく刃物をもって人を殺す危険な怪人系都市伝説である。

全身に包帯を巻いて日本刀を持った姿で、「トン、トン、トンカラ、トン♪」と歌いながら自転車に乗って現れる。人に出会うといきなり「トンカラトンと言え」と言い、そのとおりにすれば去っていくが、言わないと刀で斬り殺される。ただし、普通の人間でもトンカラトンの包帯を左手に巻きつけておくと、仲間とみなされて斬られないそうだ。

トンカラトンは、斬った者を自身の包帯で包んでしまう。こうすることで、斬り殺された人間は復活する。ただし、新しいトンカラトンとなって。

この都市伝説に関しては、原典が非常に曖昧である。トンカラトンの名が広がったのは、某怪談アニメで取り扱われたのがきっかけだという。しかし、それ以前にトンカラトンを知っている者はほとんどおらず、「あれはアニメオリジナルの都市伝説？　それとも実際にあるの？」と長らく議論がなされてきた。一説には、スタッフの住む故郷で流れていた都市伝説とも言われているが真偽は不明。その正体は杳《よう》として知れない。

ちなみに「トンカラトン」の名で一番有名なのは都市伝説ではなく、豚肉料理のお店だ。トンカラというのは、豚のから揚げを指す。料理が素晴らしく上手い芸能人が、その名もずばり「トンカラトン」という豚肉料理のレシピを公開していたりもする。

また古い歴史を紐解けば、トンカラで出てくるのは「からくり」。トンカラトンカラというのは機織《はたお》りや、からくり人形が動く時の擬音である。

怪異と関連付けるとすれば、「トンカラリン」。熊本や広島には、トンカラリンと呼ばれる古代遺跡が存在している。この遺跡は用途不明。排水路や祭壇、地下ピラミッドなどいろいろな説はあるものの、詳しいことは分かっていない。幽霊の出る怪異スポットとしても有名な場所で、肝試しで利用されることも多い。

色々あげてみたが、ここで「トンカラトン」「歌いながらやってくる」「包帯」「刀」といったキーワードを踏まえ、一つの歌を紹介したい。ある年代の人ならば絶対に聞いたことがあるだろう、大人気お笑い番組のオープニングテーマだ。

この歌はもともと替え歌であり、原曲は『隣組』という。戦時歌謡（国民の戦意高揚や、国の軍事政策を宣伝するために制作された楽曲）であるこの歌は、明るい曲調だからか戦後も歌い継がれた。その歌詞とリズムが、怪人トンカラトンの口ずさむものとほとんど一緒なのである。

戦中戦後に歌われた『隣組』を喧伝するのは、当然ながら軍人だ。つまり「全身包帯に覆われた刀を持つ怪人」とは、「戦後生き残った傷痍《しょうい》軍人」の象徴であり、この都市伝説は戦後の素行の良くない復員兵による暴虐がイメージとなっているのではないだろうか。

とまあここまで語っておいてなんだが、あまり根拠のない与太なのであまり気にしないでもいい。大事なのは、トンカラトンは斬ったものをトンカラトンに変える。ただその一点である。

何の因果か行き倒れていたトンカラトンを助けた夏樹は、彼を近くの牛丼チェーン「吉田屋」に連れていった。

どうやら金がなくてしばらく飯を食べていなかったらしい。見捨てるのも寝覚めが悪いし牛丼を奢《おご》れば、トンカラトンは物凄い勢いで口の中へ詰め込んでいく。

「っかぁ、うまかったぁ！」

四杯目の牛丼を食べ終えてお茶を一気に飲み干し、ようやく人心地。満足そうな笑みを浮かべていた。

「ごっそうさん。わりぃなぁ、ここ三日まともに食ってなかったからよぉ」

「いや、まあほっとくわけにもいかないからいいんだけどさ。でも、トンカラトンさんは」

「金剛寺獄《こんごうじがく》だぁ」

「あ、名前ちゃんとあるんだ」

六月だというのに黒のロングコートをまとった彼は、左腕とコートの下に包帯を巻きつけており、ついでに顔も半分くらい包帯で隠している。厳《いか》めしい顔つきをしており、外見はかなり凶悪だ。都市伝説としての力なのか、刀は出し入れが自由らしい。刀を自在に消したり出したりするところを実際に見た時は、さすがに驚いた。

「で、その金剛寺さんは、なんであんなところで行き倒れてたんだ？」

「ああいや、財布落としちまってなぁ。旅先なもんで知りあいもいねえし、一応目的があって来てるからすぐには帰れねえ。警察に頼んのもあれだしよぉ。正直、お前のおかげで助かったぜぇ」

「意外と普通の理由だ……」

結構間抜けである。勢いで助けてしまったが、変な人……変な都市伝説でなくてよかった。

「旅行中なのか？」

気楽な調子で語り続けていたトンカラトンだが、その問いに目をぎらつかせた。

「ちげぇよ。んな気楽なもんじゃねぇ。ちと捜してるヤツがいんだ」

獲物を狙う猛禽のような、宿敵か親の仇《かたき》を見つけた武士のような、ひどく物騒な気配を醸し出している。

「この街に、トンカラトンが現れたと聞いたぁ。俺は、そいつを追っている」

つまり今回のお話は、藤堂夏樹ではなく一匹のトンカラトンの物語である。

金剛寺嶽は、使い古された表現ではあるが、いわゆる「普通の高校生」というやつだった。

成績は特によくはないし、異性にモテたためしもない。剣道部だったため運動はそこそこできたが、それだってどこかの大会で優勝できるほどではない。少々以上に負けん気の強いところはあるものの、嶽は本当に普通の高校生でしかなかった。

しかしある日、部活を終えて下校する途中、聞いてはいけない歌を聞いてしまった。

『トン、トン、トン、トンカラ、トン♪』

歌を歌いながら自転車に乗って現れる、全身包帯の怪人。

不気味な存在に足を止め、それがいけなかった。

『トンカラトンと言え』

当時の彼には都市伝説の知識などなく、その問いに何も答えを返せず。

ざしゅう。

袈裟懸《けさが》けに斬り裂かれ、彼は地に伏した。

トンカラトンに斬られた者は包帯に全身を巻かれ、トンカラトンにされてしまう。そんなことはもちろん知りようもなく、けれど伸びてくる包帯に嫌なものを感じた嶽は、朦朧《もうろう》とした意識の中で必死に抗《あらが》う。包まれるたびに無理矢理剥がし、再び包まれ。それを何度か繰り返したが、無情にも全身を包帯に包まれてしまった。

気付けば、彼はトンカラトンになっていた。

ただ何かの偶然か、それとも必死の抵抗が功を奏したのか。嶽はトンカラトンになりながらも、ちゃんと自意識を保っていた。容姿も化け物になったわけではなく、血も赤い。「トンカラトンの力を宿した人間」というのが一番適した表現だろう。

それでも、人の枠から食《は》み出た存在であることには変わりない。

金剛寺嶽は家族や友人に何一つ告げることなく高校を中退、そして失踪。

その後の彼の行方は、誰も知らなかった。

「つまり、トンカラトンに斬られてトンカラトンになったと」

「まあな。人間の頃の意識は持ってるが、やっぱり俺はトンカラトンなんだろうなぁ」

嶽はどこか寂しそうに呟く。

あやかしに遭遇し斬り伏せられたことで、都市伝説となってしまった男。人から怪異に変わってしまった者なら、いくらか知っている。それでも、その胸中がいかなるものかは夏樹では想像もつかない。

何も言わず、けれど同情の言葉を吐くのも違うと思って、夏樹はただまっすぐに嶽の目を見た。

その対応で間違いではなかったようだ。彼はどこか愉しげに口の端を吊り上げていた。

「と、話が逸れたな。その後は、ヤクザもんの用心棒の真似事やらをしてた。五、六年はいたか。ま、ちょっと前に、デカいポカやらかしてクビになったがなぁ」

高校を中退した後の彼は、トンカラトンとしての異常な身体能力を生かし、合法非合法問わず乱暴な仕事をしていたという。用心棒やら人攫《ひとさら》いやら様々な命令をこなしていたが、大きなミスをしてクビになった。正確に言えば、富豪を見限って出てきたらしい。

それからしばらくは流浪の生活……と言えば聞こえはいいが、無職となった彼は定職に就かず旅をしていた。

　幸い貯蓄もあり気楽な生活を楽しんでいたのが、最近になって事情が変わる。嶽は、とある都市伝説の怪人を風の噂で耳にしたのだ。

　曰《いわ》く、「この街にトンカラトンが現れた」。

　己を怪異へと変えた仇敵だ。彼はいてもたってもいられず葛野市へ訪れ……しかし財布を落として冒頭に至る。

　決死の覚悟を抱きながら、食うもの食えずに行き倒れとはひどいオチだ。

「ほんと助かったぜぇ、あー」

「夏樹。藤堂夏樹」

「おぅ、夏樹。助かったよ、奢ってもらって」

「別にいいって。これ以上のことはしてやれなくて、申しわけないけど」

「はん、そっちは俺の事情だぁ。端《はな》から手出しさせるつもりなんざねぇ」

　軽く鼻で嗤《わら》い、嶽は店を出ていく。

　おそらくは、いや、間違いなくトンカラトンを倒すために。

　その足取りはしっかりとしていて、揺らぎは全く見られない。

　なのに何故だろう。彼の背中は、やけに頼りなく見えた。

◇

金剛寺嶽はトンカラトンだった。

トンカラトンに斬られて怪異となり、それから五、六年は経ったか。

彼はとある富豪の下で、非合法な仕事に従事していた。雇い主はお世辞にも真っ当とは言い難い、犯罪めいたことでも平気にやる男だ。そういう男の子飼いならば、下される命令もそれにならう。嶽の仕事は、男の邪魔になるものを斬り殺すこと。目標を探して適当にふらつき、出会ったならば斬り捨てる。たったそれだけ。

結局は、人ではない者になってしまったのだろう。人を殺すことに罪悪感はない。斬って殺して、飯が食えて屋根の下で寝られたなら十分。つまりはトンカラトンと同じ。斬られて怪異に身を堕とした。それ以上に、彼は「遭遇した誰かを斬り殺す怪異」以外の何者でもなかった。

しかし、まっとうな仕事に就く気にもなれなかった。自身が化け物だという自覚があったからだ。怪異となった彼は自我こそ残ったが、何者でもなく。どこまでいっても、トンカラトンでしかなかった。

「おーい、お疲れさん。これ、差し入れな」

嶽は夕暮れの公園で、どかりとベンチに腰を下ろしていた。

トンカラトンが現れたという話は、この公園一帯で語られていた。待っていればいずれ姿を見せるだろうと考えて、公園のベンチに陣取ってから丸一日。彼を訪ねたのは都市伝説の怪人ではなく、ハンバーガーの袋を大量に抱えた藤堂夏樹だった。

「おぉ、夏樹、だったか」

「うん。いや、この公園に変な人がいるって聞いたから。多分金剛寺さんだろうなぁと」

「はん、変な人とはご挨拶じゃねえかぁ」

夏樹の登場は嶽にとっては意外だったが、当の本人は大して気にした様子もなく隣へ座る。買ってきたハンバーガーだのポテトだのを取り出して、ほとんど無理矢理渡してついでに自分の分を食べ始めた。

「……お前よぉ、怖くねえのかぁ？」

嶽の風体は、どう見てもまともではない。普通に考えてもヤクザ崩れ。その正体はトンカラトン。はっきり言って、外見も中身もお近づきになりたいタイプではないだろう。

そう自分でも思うから問うたが、夏樹は実にあっけらかんとした様子でハンバーガーをかじっている。

「うーん、あんまり。もっと怖いの知ってるし」

「もっと怖いの？」

「そう。世の中広いんだぞ」

「そんなもんかぁ」

「そんなものです。古くから生きる鬼とか、人造の鬼神とか、ひきこさんの都市伝説保有者とか。藤堂の姓を名乗る身、今さら一介の都市伝説に怯《おび》えるはずもなし、ってなもんだよ」

「変なヤツだなぁ、オイ」

「いや、トンカラトンに言われても」

「ちげぇねえ」

嶽もハンバーガーを食べながら軽く笑う。会ってから時間は経っていないが、意外と話しやすいせいか気が緩んでいた。

「それを別にしても、あんまり怖いとは思えないんだよなぁ」

この風体で体つきもがっしりしていて、顔も厳めしい。なのに何故か、まるで道に迷った子供のような頼りなさがある。声をかけてしまったのは、多分そのせいだろうと夏樹は語った。

「なあ、金剛寺さん」

「嶽でいい」

「んじゃ、嶽さん。なんで、トンカラトンを追ってるんだ？」

「あん？」

「なんていうか、気乗りしない？　違うな、えっと。……積極的に会おうとしてるわけじゃないというか。会えても会えなくても、どうでもいいように見えたから」

「お前、よく見てるな」

「そうかな」

夏樹のまとまらない問いは、嶽の心境を見事に当てていた。

別に答える必要はない。けれど嶽は、メシを二度も奢ってもらったお礼代わりに、その胸中を吐露した。

「俺はよぉ、トンカラトンなんだぁ。斬られて、化け物になったってことじゃねぇ。雇い主の下で、命令されるままに斬って。自分でなんも考えてこなかった。だからよぉ、俺は『出会った誰かを殺す怪異』、それ以外の何者でもなかった」

人でなくなったから普通の生活はできないと思った。偶然ではあるがヤクザものに拾われ、人殺しを生業《なりわい》とした。そこに躊躇《ためら》いはない。人でなくなった時点で良識など残っていなかったのだろう。殺すことになんの感慨もなく、金のため生活のために当たり前のように斬ってきた。

自我が残っていたとしても、この身はトンカラトンでしかない。流浪し、出会い、殺し。それだけが金剛寺嶽を構成する要素だった。

「だからよぉ、どうでもいいってのはきっと本当なんだ。恨みを晴らしたところで、てめえの無様さが払拭されるわけでもねえ。そういう意味じゃ、俺のやるこたぁ意味がないんだろうなぁ」

「いや、そんなことはないよ」

零《こぼ》れた愚痴を、夏樹はきっぱりと否定する。

「意味がなくても価値はある。少なくとも、けじめはつけたって誇れるじゃないか。……って、俺の爺ちゃんなら言うよ、きっと」

「けけ。言ってくれるじゃねえか。確かに、そうだなぁ。俺らみたいな道から外れたもんが、けじめもつけられねえようじゃ終わってる」

初めて怪異に斬られて包帯に包まれ、眷属《けんぞく》にされようとした時、金剛寺嶽は抵抗した。かつての自分は、トンカラトンになりたくなかったはずだ。なのに人の中にはいられないといじけて、金だとか生活のためとうそぶく。そういう自分が嫌だったのだ。それを会ったばかりの少年に気付かされた。

「化け物であることは構わねえ。だが、宙ぶらりんはごめんだ」

既に人の道から外れた今、トンカラトンであることを否定しようとは思わない。けれど、俺は俺でいたい。遭遇した者を斬るだけの怪異ではなく。自分の意思で何を斬るか選べる、そういう男でありたかった。

「ああ、そうだぁ。気合い入ったぜぇ。俺を化け物に変えたヤツを斬って捨てる。そうして初めて、俺は俺としての一歩を踏み出せる……まず、そうしなきゃいけなかった」

嶽は口いっぱいに頬張ったハンバーガーをドリンクで流し込み、おしぼりで手を拭いてゆっくりとベンチから腰を上げた。

ちょうど話し終えたタイミングで、歌が聞こえてきた。それを聞いた彼は、獰猛《どうもう》な獣の笑みを浮かべる。

『トン、トン、トンカラ、トン♪』

噂通り、夕暮れの公園に現れる奇妙な影。自転車に乗って刀を携えた、全身包帯に包まれた怪人。陽気に物悲しい歌を口ずさみながら、トンカラトンは今再び金剛寺嶽の前に姿を現した。

かつて己を怪異に変えた仇敵を斬れ。他ならぬ、あやかしとなったこの身が叫んでいる。

自転車から降りた怪人は、お決まりのセリフを口にした。

『トンカラトンと言え』

あの時は、どう返せばいいのか分からなかった。今は対処法を知っている。「トンカラトン」

と答えれば、怪人は去っていく。それだけで命は助かる。この都市伝説は、危険ではあるが対処自体は容易だ。

けれど返す言葉など初めから決まっている。

「そっちこそ、トンカラトンと言え。ま、言ったところで斬るがなぁ」

嶽は抜刀して切っ先を突き付け、不敵に高らかに宣言する。

逃げもしないし、逃がしもしない。ここで運命を歪めた相手を……違う。歪んだ己と決着をつける。そのために来たのだ。

『……お前は、余計なことを言ったぁ』

正答を得られなかったトンカラトンの気配が目に見えて変わる。

同時に、嶽の気配もまた。

張りつめる空気。互いの手には刀。現代にあって、両者はまるで時代劇のワンシーンのように睨《にら》み合う。時代遅れの決闘。何故か不思議と笑みが漏れた。

トンカラトンは八相に構える。ほとんど自意識のない怪異のように見えるが、その構えは堂に入ったものだ。

対して嶽は正眼。普段なら刀をだらりと放り出した無形を取る。正眼の構えを取ったのは、いつかの借りを返すためだ。高校生の頃、剣道部員だった嶽は抵抗さえできず斬り伏せられた。ならば、ヤツを斬るのはこの構えで。嶽は敢《あ》えて剣道でも一般的な正眼を選んだ。

互いの意識は研ぎ澄まされ、長く短い対峙《たいじ》は終わる。

ひゅるりと颪は吹いて。それが合図となり、両者は同時に動き出した。

『オォォ！』

裂帛《れっぱく》の気合いと共にトンカラトンが斬りかかってくる。巨躯《きょく》でありながら、その進撃は驚くほどに速い。尋常ではない一太刀を前に、しかし恐怖は一切ない。

トン──振りかぶる。

嶽は自身の動きを確かめるような丁寧さで刀を高く上げた。

仇敵と対峙しながら、驚くくらい落ち着いている。相手の動きがよく見える。負ける気はしなかった。

カラ──左足で地を蹴り、一気に踏み込む。

表情は変わらない。だが、トンカラトンは驚愕したように見えた。

それも遅い。既にこちらの間合い。嶽はただ静かに、透き通るような心のままに刀を振り下ろし。

トン──斬り伏せる。

三拍子。

お手本のような美しい挙動で、嶽はトンカラトンを斬った。

トンカラトンの原典は曖昧だが、この手の「自分が殺した相手を眷属に変える」タイプの怪異には定番ともいえる対処がある。

吸血鬼に血を吸われ眷属となったものが、その支配を打ち破る方法は単純だ。「自分を吸血鬼に変えた者の血を、逆に吸い返す」。支配する者を打ち倒すことこそが、普遍的な解決法なのである。

金剛寺嶽は、今ここにそれを達成した。

かつて己を怪異へと変えた仇敵。過去を乗り越えた彼は、転がる死骸を眺める。

曰く、トンカラトンは斬ったものを眷属に変える。

だが、と鼻で嗤い背を向ける。

「てめえなんぞ、仲間にゃ欲しくねぇ。ここで朽ち果てていきなぁ」

トンカラトン以外の何者でもなかった。

しかし彼は、ようやく長く続く悪夢と決着をつけたのだ。

◇

あれから三か月。

自身の仇敵を倒した金剛寺嶽は、満足そうに葛野市を去っていた。

今回に関しては、夏樹が何かをしたというわけでもない。ただ嶽が己の意地を見せつけたというだけである。敢えて変わったことをあげるのであれば、ひと月に一通手紙が届くようになったくらいか。

「なっき、それなに?」

休み時間に教室で手紙を読んでいると、久美子が興味深そうに聞いてきた。

夏樹は視線を文面に向けたまま、なんとも曖昧な笑みで答える。

「友達からの手紙。時々、送ってくれるんだ」

「ふうん。あ、もしかして女の子？　ひどいなっき、浮気なんて。じんじんに言いつけてやる」

「お前はいったい何を言ってるんだ。あと、それほんとにやめてください」

勿論《もちろん》冗談だ。こういう気の抜けたことができるのは久美子だけなので、ありがたいと思う。直接伝えるのは恥ずかしいから内緒だった。

ひとしきり騒いだ後、再び手紙を読む。決して上手いとは言えない字だが、自然と笑みが零れた。

『よう、夏樹。元気してるか。

俺は相変わらず、いろんなところを旅している。昔とは違って、都市伝説の怪人やらよく分からん化け物に襲われている奴らを助けながらな。

あれだ、感謝されるってのは中々悪くない。なんかいつの間にか有名になってて、〝バイシクル・サムライマスター〟とか呼ばれたのはビビったが。

しばらくは人助けしながらこういう生活を続けようと思っている。幸い金は前の仕事のおかげでたんまりあるし、日銭を稼ぐのには困らないしな。

また葛野に寄ることがあったら、飯でも食いに行こう。今度は俺が奢ってやるよ』

どうやら、元気でやっているようでなにより。

縛る鎖を……いや、トンカラトンなら包帯か。縛る包帯を自ら断ち切り自由になったトンカラトンは、今日も今日とてふらふらと。相変わらず流浪の日々は続いているようだ。

友達が元気ならこちらも嬉しい。夏樹はくすくすと笑っていた。


これで、トンカラトンの話はおしまい。

刀と意地と、あとなにか。

振り上げ、踏み込み、斬り伏せる。

つまりは三拍子、トン・カラ・トンで幕が下りる。

包帯を断ち切って自由になって。どうやら今は気ままにさすらっているご様子だ。

封筒の中には、写真も同封されていた。

手紙を読み終えた夏樹はそれを取り出し、写った男の笑顔を見た瞬間、思わず噴き出した。

写真には自転車に乗って全身に包帯を巻きつけた、刀を手にした奇怪な人物。顔の半分は隠れているが、結構楽しそうに見える。嶽を大学生くらいの男女が取り囲んでいるが、やはりみんな笑顔だ。

旅をしているとは聞いていたが、そんなところまで行っているのかよ。

思わずツッコんでしまう。

「おいおい、ニューヨーク図書館前で記念撮影とか、ワールドワイド過ぎるだろトンカラトン」

ニューヨーク市に所在する、世界屈指の規模を有する公立の図書館。その正面玄関で、現地の大学生たちと仲良さそうに写真を撮るトンカラトン。
シュール過ぎて笑えてくる。
どうやらトンカラトンは今、アメリカにいるようだ。

猫の忍者はアクションする

夜、寝る前に自室で漫画を読んでいると、何かが走るような音と猫の鳴き声が聞こえた。

野良猫が喧嘩でもしているのかと思い、最初は無視していた。しかし時折大きな物音もするから、さすがに気になってきた。

夏樹はカーテンを開け、窓の外を覗《のぞ》き見た。

ちらりと視界の端で動く影に息を呑む。そこにいたのは猫だった。ただし、想像していたものとは違う。月明かりのせいか、毛並みは銀色に輝いている。黒い忍び装束を着て人間のように二足歩行し、しかも手には刀を持っている。そいつはしなやかに屋根から屋根へと飛び移ると、夜の闇に消えていった。

「おにぃ。なんか、変な音しなかった？」

外の騒ぎを不安に思ったのか、妹の里香が部屋に来た。夏樹は躊躇《ためら》いつつも、目にしたものをそのまま伝える。

「これは、冗談じゃないんだが。……猫の忍者がいた」

「猫の忍者」とは、２００８年頃にオカルト掲示板に投稿された奇妙な体験談である。

『1週間前から変なことが起こってる。ちょっと聞いてくれ。最初に言っておくが俺は妄想癖でもない。笑わないでくれよ。ガチだ。最近猫の忍者に狙われてる』

この書き込みが有名すぎて笑えるコピペのように思われているが、実際にはれっきとした怖い話だ。

深夜の十二時頃、日課のジョギングをしていた投稿者が公園で休憩をしていると、カサカサという音を立てて高速で何かが迫ってくる。黒い布切れをまとった忍者のような出で立ちの、二足歩行の猫がぎざぎざ刃の刀を突きたてようと襲ってくる。自宅に戻っても、家の周囲を嗅ぎまわるように音を立てて近付いてくるのだという。

一時期は掲示板で大きな盛り上がりを見せ、現地である埼玉県某市に調査に行く者まで出たが、結局は明確な証拠が出なかったことで騒ぎは急速に静まっていく。しかしそのインパクトの強さから、猫の忍者は都市伝説、ネットミームとして語り継がれるようになった。

その猫の忍者が、彼の家の周りにいるのだ。

「……ど、どうするの?」

里香は不安そうにしているが、夏樹からするとあまり慌てるようなことではない。というのも猫の忍者は怖い話ではあるが、別に投稿者が殺害されたわけでもない。

「いや、うるさい以外は、特に心配はいらないと思うんだけど。むしろ気になるのは、なんでうちに来たのか、なんだよな」

掲示板では、襲われた理由は缶のコーンポタージュスープを飲んでいたせいではないかと推測されているが、真偽は不明。この都市伝説は、単なる怪異の目撃談でしかなかった。

「まあ、おにぃが心配ないって言うなら信じるけど」

ひとまず里香は自分の部屋に戻った。夏樹もしばらくは外の様子を窺《うかが》っていたが、特に何も起こらなかったのでベッドに潜り込んだ。

目を瞑《つぶ》っていると遠くで猫の喧嘩の声が聞こえたが、ほどなくして収まった。


延宝《えんぽう》九年（1681年）に紀州藩軍学者の名取正澄《なとりまさずみ》によって書かれたとされる『正忍記《しょうにんき》』は『万川集海《ばんせんしゅうかい》』『忍秘伝《にんぴでん》』と合わせて、三大忍術伝書に数えられる。

この書には、「是は忍の者、犬猫なとの様の真似をして忍ふ事也」という教えがある。犬や猫などの四足の動物を真似て活用するのも、また忍びの技。会津《あいづ》には、実際に猫の動きを取り入れた忍びの達人もいる。

諜報活動なら「アコースティック・キティー」も有名だ。これは1960年代に行われたアメリカの中央情報局の計画で、猫をスパイ活動に利用しようとした。もっともこれは上手くいかず、計画中止になったとされているが。

怪異としての猫を取り上げる場合は、やはり猫又と化け猫だろう。

随筆『徒然草』には「山ならねども、これらにも、猫の経上りて、猫またに成りて、人とる事はあンなるものを（山ではなくても、この辺りでも、年を取った猫は猫又になって人の命を奪う）」と記されている。

江戸時代、年老いた猫は妖怪化すると考えられた。今よりも栄養事情が悪く十年以上生きることがほとんどなかったため、長生きした猫は怪異の類と考えられて瓦版などで報じられもした。

猫又と化け猫は混同されることも多く、明確に区別するのは難しい。大雑把にいえば、複数の尾を持つ老化した猫の妖怪が猫又。死んだ猫の怨霊が妖怪化したものを化け猫と呼び、こちらは尾が一本の怪異として描かれる。

化け猫に関しては、江戸時代に面白い風説がある。東海道の品川宿に化け猫の飯盛女《めしもりおんな》（宿場にいた私娼）がいる、というものだ。これは広く流布され、洒落本や歌舞伎にも登場する『化猫遊女』が創作されるほどだった。

化猫遊女は普段遊郭で働いているが、深夜になると化け猫の姿に変わる。遊女と猫が繋げて考えられたのは、遊女には狐以外にも「寝子《ねこ》」という異称があったからだろう。

忍者と猫＝遊女の話を持ち出すと、武田信玄の擁するくノ一集団「歩き巫女」、その一員とされる望月千代女《もちづきちよじょ》が思い浮かぶ。歩き巫女は特定の神社に所属することなく全国各地を巡り、祈祷《きとう》や口寄せなどによるお告げ、勧進などを行う。彼女たちは、路銀を稼ぐために旅芸人や遊女を兼ねる者も少なくなかった。武田家はこれを利用し、各地の情報を探る忍びとして使役したのだということ。

ただし、望月千代女がくノ一だったというのはあくまでも俗説であり、大部分は憶測であるとも言われる。それでも歩き巫女が何らかの情報収集の役を担っていた可能性自体は依然として残り、「猫の忍者」は実在したと言えなくもない。

なんにせよ猫と忍者の組み合わせ自体はそれほど荒唐無稽ではなく、むしろかなり親和性が高いのだ。

怪異としての猫の話に戻る。

猫自身が夜行性だからか、猫の怪異は夜になると正体を現すものが多い。また死体を操って呪いをかけ、人に憑《つ》くなどの危険な能力を有している。猫又はほっかむりを被って踊ったり浴衣《ゆかた》を着たりと、衣服を身に着けて二本の足で動くものは決して珍しくない。

深夜に正体を現して活動し、黒い布をまとって人を襲う。

猫の動きが忍術の手本となったことも相まって、意外にも猫の忍者は伝統的な形式に則ったよくいる怪異なのである。

里香が一人でいる時に怪異と遭遇してはいけない。お互い少し遠回りになるが、放課後は通学路から離れた場所で待ち合わせて一緒に帰るようにした。いつもなら久美子もいるのだが、今日は用事があるそうで兄妹だけでの帰宅となった。

「最近、寝不足だよ……」

目を擦《こす》りながら里香が溜息を吐く。身の危険がないとはいっても、うるさいだけで十分な被害だ。深夜二時を回っても猫の声は騒がしく、夏樹もあまり眠れなかった。

しばらく妹の愚痴を聞き続けていたが、自宅の近所まで来たところで周囲に妙な違和感を覚えた。最初はその理由が分からなかったが、よくよく見ると植木の荒らされた場所があるのだ。

「どうしたの、おにぃ？」

「ああ、いや、別に」

荒らされているとはいっても、大きく壊されているわけでもない。気にすることもないだろうと里香の方に向き直り、雑談をしながら自宅に戻った。

その夜も外は騒がしかった。カサカサカサカサという何かが走る音、猫の鳴き声。何かがぶつかる音や、家の屋根を叩く音。直接的な攻撃は受けていないが、非常にうるさい。かといって外に出て襲われてもいけないと、現状は放置状態になっていた。

「もう、本当に……」

翌日、また里香は眠れなかったようで不機嫌顔だ。

なんとか宥《なだ》めるも、その日の夜にはまた猫が騒ぐ。三日も経つ頃には、音がさらに激しくなった。同時に気になることも出てきた。家の近所で植木鉢が壊されたり、花壇の花が踏まれたりといったケースが増えてきたのだ。

「ねえ、これなんか変じゃない？」

里香も不安になったようだ。一連の器物損壊は夏樹の家を中心に起きており、だんだんと範囲が狭まってきている。加えて、路上の隅に動物のフンがちらほらと見られるようになった。猫の忍者の件を考えると、まるで少しずつ近付いてきているように感じられた。

「もう、爺ちゃん呼んだ方が早いか」

「その方がいいかも」

幸いにも、近くには刀一本で魔を祓《はら》う男が住んでいる。一度連絡を入れておいた方がいいかもしれない。

メッセージを送っておいたが、すぐに返信はなかった。ひとまず帰宅して、夕食を終えて寝る準備を整える。ベッドで横になり、頭から布団をかぶった。

その晩も、やはり深夜になると音が聞こえてきた。何者かが家の周りを走っている。カサカサカサカサ耳障りな音だ。ただ、今回はいつもと様子が違った。家が軋《きし》んだり、どさりと何かが落ちたりする音もしだしたのだ。

原典では、投稿した時点で猫の忍者の騒ぎが一週間以上続いていたという。なのに、今回の件では家に迫るまでが随分と早いような気がする。嫌な予感が過《よぎ》った。

ベッドから体を起こし、外の様子を窺う。

音源はかなり近い場所だ。なにかが、おかしい。

「……ああ、もう」

もしかしたら思い違いをしていたのかもしれない。

猫の忍者の正体を探ろうと、おもむろにカーテンをずらした。

「……え?」

その目に飛び込んできたのは、かわいらしい猫ではなかった。

巨大で醜悪な鼠《ねずみ》が、複数集まってこの家の周りをせわしなく走っていたのだ。

動物の妖怪化は、なにも猫だけではない。年を取った鼠もまた妖怪に変化し、これは旧鼠《きゅうそ》と呼ばれる。伝承によって旧鼠の性質は様々だが、中には猫を食い殺して家中の油を舐め尽くし、人を害するとも言われる。この怪異は珍しいタイプで、夜道で遭遇するのではなく家自体を襲うのだ。

都市伝説ではなく、古い怪異が群れをなして家に侵入しようとしている。

その時、旧鼠の一匹と窓ガラス越しに目が合った。すると鼠の怪異は跳躍し、窓をぶち破ろうと突進してくる。

「や、ば……!?」

全く想像していなかった状況に、夏樹は固まって動けなかった。

逃げられない。驚愕に目を見開いたまま、叫びをあげることもできずただ呆然とする。これは、本当に危険な怪異。人の命を奪う化け物だ。

自身の迂闊《うかつ》さを後悔した。

そして、旧鼠が今にも襲い掛かろうとしたところで……一太刀のもとに倒れる。旧鼠が窓を壊すよりも早く振るわれた刀が、斬り伏せたのだ。

夏樹は、月明かりに照らされた影を確かに見た。

青白く染まる美しい銀髪。赤い瞳は、まるで宝石のようだ。

「……にゃ」

猫の忍者は群れをなす旧鼠を前にしても一切の怯《おび》えを見せず、悠然とした態度を崩さなかった。

猫の忍者が現れたとされる埼玉県には、「猫神社」と呼ばれる場所がある。猫神社という形で有名になることを好んでいないそうなので、名称は割愛する。この神社は、たくさん猫が集まる類まれな猫スポットなのだ。

神社の主祭神は天穂日命《あめのほひのみこと》。アマテラスの次男であり、アメノホヒは「生命力が火のように燃え盛る優れた稲穂」を意味する。穂霊《ほひ》は「農耕や稲穂の神」のこと。この神は農業、稲穂の神であると共に、養蚕や木綿、産業の神など様々な側面を持つ。出雲《いずも》だけでなく全国的に広く祀られている神だ。

アメノホヒを祀る神社が猫の溜まり場になっているのは、とても面白い。死体を操る、人を喰うなどの恐ろしい伝承の多い猫だが、いい伝承もある。猫は鼠などの害獣を退治することから、アメノホヒの神格である養蚕や穀物の守り手としても扱われる。

また江戸時代には黒猫を飼うと労咳《ろうがい》が治ると言われ、猫には病を肩代わりしたり魔除けの力があると信じられた。

都市伝説にも「猫は幽霊が見える」「猫好きには幽霊が寄り付かない」というものがある。古代エジプトには、バステトという黒猫の姿をした女神がいる。ラーの娘、あるいは妻とされるバステトは人に危害を加える蛇を監視・退治する神という一面があり、家を守る神でもあった。

これらの要素から猫は神に仕える聖獣としても扱われ、非常に強力な退魔の力を有している。この特性は怪異になっても継承される。人を喰う伝承のある猫又だが、それは悪い猫又だけ。良い猫又は穏やかで、飼い主に恩返しをしたり家を害獣の侵入から守ってくれるのだという。

猫又には善悪の二種がおり、良い猫又が退魔の性質を持つ以上、善性を持った猫の忍者は、人々を守るために害獣と戦う退魔の忍《しのび》……つまり、くのいちということになる。

家を襲う害獣を、夜の闇に紛れて討つ。これが家の周りで起こった騒がしい喧嘩の真実なのだろう。

猫の忍者は、襲い来る旧鼠を次々と倒していく。

群れをなして押しつぶそうとしてくる鼠を丁寧に捌《さば》き、すれ違いざまに一太刀。返す刀で首を落とし、離れればすぐに別の個体の心臓を穿《うが》つ。繰り広げられる高速の戦闘は、夏樹の目では霞んで見えるほどだ。

赤い瞳が怪異を射抜く。瞬きの間に斬り裂かれ、甲高い断末魔と共に旧鼠たちは闇に溶けていく。

「……これでおしまい、にゃ」

どのくらい続いただろうか。猫の忍者の一刀が、最後の鼠を斬り伏せた。

死体一つない。すべては初めから存在していなかったように消え失せてしまった。あとは彼女が闇に紛れたなら、月夜の静寂が巷《ちまた》に戻る。

こうして窓の外は、普段と変わらない景色に戻った。

もう、猫の声は聞こえてこなかった。

ここ数日続いていた猫の喧嘩も収まり、里香は安眠できるようになったと喜んでいた。

すっかり安心したのか、登下校は以前のように夏樹と久美子の二人に戻った。

「そういえばさ、みこは昨日の騒ぎ、気にならなかったのか？」

「え、なにかあった？　ちょっと、うるさかったような」

旧鼠の怪異に巻き込まれなかった人たちには、本当にただ猫が喧嘩しているように聞こえていたのかもしれない。

まあ、久美子が怖い思いをしなかったのなら、それで良しとしておこう。

夏樹は「ならいい」と適当に誤魔化しておく。

朝の時間だから周囲は同じ高校の生徒が多い。その中で今日は通学路に、やけに目立つ人物を見つけた。銀髪の少女が道の先から歩いてくる。

「わ、見て見て。外国の人だ。観光かな？」

「こら、みこ。そういうのはやめなさい」

外国からのお客様はこの辺りだと珍しいが、好奇の目を向けるのは失礼だ。とはいえ久美子が騒ぐのも分かる。銀髪の少女の整った容姿に、他の生徒たちも興味津々のようだった。

少女の方は視線に気付いていないのか、それともどうでもいいのか。特に気にした様子もない。

そのまま普通に横を通り過ぎるかと思ったが、急に尋常ではない速度で左腕を振るった。

何事かと驚く夏樹をよそに少女はそのまま去っていく。地面には小さな鼠の死骸が転がり、瞬きの間に溶けて消えた。

「また、鼠……もしかして」

夏樹は、この小さな鼠に憑かれていたのだろうか。それを少女が一瞬で退治してみせた。

伝承によれば、猫又は人に化ける能力を持っている。だとすれば猫の忍者もまた人に紛れて、人知れず害獣たちを狩っているのかもしれない。


これで猫の忍者の話はおしまい。

闇に紛れ悪を討つ、静月に染まる退魔猫。

猫の鳴き声がうるさい夜には、きっと猫の忍者が戦っている。

「なっき、大丈夫?」

「あ、ああ。ごめん」

銀髪の少女を見送って、夏樹は改めて学校に向かう。

どうやら猫の忍者には、最後までお世話になったようだ。

次の機会のために、猫が好みそうな食べ物くらい用意しておくのも悪くないだろう。ご近所に迷惑をかけないよう、掃除道具も合わせて帰りに買いに行くとしよう。

夕惑いリゾートバイト

前編

ざ、ざざ。

波の音が聞こえる。

夕暮れの潮騒《しおさい》は近く遠く、海は橙色《だいだいいろ》に染まる。

『アタシはさ、これでいいって思ってる』

ひと夏の恋なんて綾《あや》のあるものじゃないけれど。夏樹は訪れた海で少女に出会ってわずかながらに交流を持ち、その心を垣間見た。

『だって、あの人の娘なんだし。親孝行くらいはしてやんなきゃ。あんまりに母さんが可哀相じゃん』

彼女は小麦色の肌で活発そうな外見だが、母親のためと語る姿はどうしようもないくらい儚《はかな》げだ。少し目を離したら、潮騒に攫《さら》われて消えてしまうのではと思ってしまうくらいに。

『だから間違ってても、このまんま。ひと夏の恋をして、体を開いて。多分、来年もそうしてる。

できれば相手がイケメンだったら嬉しいかなぁ』
『……そっか。ごめん、嫌なこと聞いた』
『ううん、こっちこそごめん。あと、あんがとね』
夏樹は言葉を失くして俯《うつむ》き、少女は悪戯《いたずら》っぽく微笑む。
『だからさ。多分あたしは、君だけは好きにならないよ』
そう勝ち誇るように彼女は言って。
ざ、ざざ。
耳をくすぐる波音だけが二人の間には流れていた。

その少女と出会ったのは、高校二年の夏休みのことだった。

八月の前半、藤堂夏樹はクラスの友人たちと海へ訪れた。去年も同じメンバーで来たのだが、今回は近場に宿を取って一泊二日で遊び倒そうという計画だ。

立案者は同じクラスの女子。姫川《ひめかわ》みやかといって、長い髪が綺麗なクールな女の子である。本人は好んで目立とうとするタイプではないものの基本的にしっかり者で、こういう時にはリーダー役を務めることが多い。

「やっと着いた！」

久美子は元気よくはしゃぐ。当然ながら彼女も今回の旅行に参加している。

宿を選ぶのは姫川に任せきりだったので、夏樹も見るのは初めてだ。思ったよりも綺麗な純和風の旅館で、趣のある佇まいをしている。高校生の予算を考えれば、もう少し小さいかと思ったが、中々どうして値段の割に立派な宿だった。

「結構綺麗な旅館だねー」

「おお、本当だ。なんか露天風呂もあるってさ」

「ほんと？　楽しみ」

他のメンバーも旅館に驚き、楽しそうに話をしている。大人しそうな女子や見るからにギャルといった子もいたり、顔触れは豊かだ。男子の方には、夏樹と縁の深い爺ちゃんも来ている。

「温泉か、たまにはゆっくりとするのもいいな」

「爺ちゃん、温泉は夜になってからな」

「ああ、夏樹。分かっているよ」

爺ちゃんは本名を葛野甚夜《かどのじんや》という。同学年だというのに少し感性の古い男子で、目の前の海よりのんびりと温泉に入る方が楽しみのようだ。

夏樹が彼を頼りにするのには、勿論《もちろん》理由がある。甚夜は学生ながらに都市伝説やら怪異を祓《はら》うことができる。巻き込まれるしか能のない夏樹とは違い、除霊師の真似事ができるのだ。怪異に襲われやすい夏樹としては、身の危険を心配しなくていいぶん今日は気楽だった。

「ようこそおいでくださいました」

玄関で迎え入れてくれたのは旅館の女将《おかみ》だ。年齢はそこそこいっているが、高校生相手にも丁寧な接し方をしてくれる優しそうな人だった。

「お待ちしておりました」

「よろしくお願いします」

リーダーの姫川と軽く会話を交わし、女将の案内で部屋に移動する。

旅館内部も、清掃が行き届いていて心地よい。これなら部屋や夕飯も期待できるというものだ。

他のメンバーも同じ気持ちのようで、廊下を歩きながら話は盛り上がる。久美子も館内を見回しながら、興奮を抑えられない様子だった。

「卓球台とかあるかな？　やっぱり旅館に温泉といったら卓球でしょ」

「どうだろうな。個人的には、いつの時代のやつだよっていうレトロゲームの方が趣深いと思うんだけど。というか、みこ。何気にテンション高いな」

「それはそうだよ。私だって、皆で行くの楽しみにしてたもん。なっきと古い旅館の組み合わせには多少の不安はあるけど、今回はじんじんも同行しているしね」

「そこは完全に同意だ」

甚夜の裏の顔は、久美子も知っている。危険な怪異が近寄れば事前に対処してくれるだろうから、安心して遊ぶことができる。

「ただ、爺ちゃんの性格からすると、危険じゃないヤツには何もしないような気がするんだよな」

「そういうのは、なっきの管轄だから大丈夫じゃない？」

「管轄って言うなよ。まあ、泊まるのは一晩だけだし、さすがにピンポイントでオカルトに遭遇するなんてことないだろ」

「そういうのを、フラグって言うんだよ」

「違う。単にそう思い込んで、自分を慰めてるだけだ」

「それはそれで哀しいなぁ。よしよし、大丈夫だよ」

微妙に落ち込んでいると久美子が優しく頭を撫でてくれた。嬉しくはあるが、よくよく考えてみると気落ちした理由もこの幼馴染《おさななじみ》の発言なので、今一つ納得がいかない。

「さあ、いつまでも悩んでても仕方ないよ。荷物置いて海に行こう。皆で新しい水着買ってきたんだ」

「おう、そうだな」

彼女の言う通り、せっかく海に来たのに暗い顔では勿体《もったい》ない。

夏樹も、今日一日を楽しもうと気合いを入れ直した。

そんな彼らを見る瞳。

旅館の女将は、騒がしい二人を遠くからただ眺めていた。


べったりと重い夏の青空、うるさいくらいに太陽が眩しい。

熱せられた砂を踏みしめる感覚が、夏を強く意識させる。

気の置けない友人たちと海に来たのだ、盛り上がらないはずがない。夏樹たちは全力で海を満喫した。誰が泳ぎが速いかを競い、ルールは気にせずビーチバレーに興じる。少し喉が渇いたら、かき氷を久美子と分け合った。皆で海の家で食べる微妙な料理も、海の醍醐味《だいごみ》だ。

「ああ、さすがに泳ぎ疲れた」

「なっき、体力ないなぁ。ほら、他の二人はまだまだ元気だよ」

「いや、あいつらと同レベルで考えられたら困る」

海に来たメンバーの男子は、夏樹以外運動ができる肉体派である。爺ちゃんは当然として、もう一人も元サッカー部。体格からして違うのだから、彼らと同等の体力は残念なことに持ち合わせていない。

さんざん遊んで泳いで体を休めていたら、久美子もそれに付き合ってくれた。レジャーシートとパラソルで作った休憩場所で、冷やしておいたドリンクをクーラーボックスから取り出す。

「みこ、何飲む？」

「炭酸がいいな。サイダーで」

「はいよ」

先に久美子に渡してから、夏樹も同じものを選んだ。暑い夏には喉を通る炭酸が心地よい。冷たさが体に染み渡って、体も少しだけ楽になった。

「おいしい。なっき、この後どうする？」

「そうだなぁ」

結構泳いだから先に旅館へ帰ってもいいし、もう少し波打ち際で軽く遊ぶのも悪くない。しばらく考えていると、視界の端に不穏当な光景が入り込んだ。

「なぁ、いいだろ？」

「あっちの岩場でさぁ、イイコトしようぜ」

水着姿の女の子に二人の男が絡んでいる。よく日に焼けた褐色の肌の活発そうな少女だった。年の頃は夏樹らと同じくらいだろうか。くっきりとした目鼻立ちの、夏の良く似合う美人である。

少女の左腕を掴《つか》んでいるのは、いかにも遊んでいるといった風情の若者だ。耳にはごつい三連のピアスをつけていて、外見はかなり厳《いか》つい。もう片方も同じように派手な見た目で、二人で少女を取り囲んで下心を隠そうともせずニヤついている。

「どうでもいいから放してくんない？」

「つれないなぁ、ちょっとぐらい付き合えよ」

少女の方は乗り気ではなく、強引なナンパに辟易《へきえき》しているようだ。男たちも分かっているだろうに、逃がす気はないらしい。しっかりと左腕を固定して逃げ道を塞ぎ、後は岩場にでも連れ込もうというところか。

ああいうのは、少し気分が悪い。

「ごめん、ちょっと行ってくる」

「なっき？」

ナンパをするなとは言わないが、無理矢理というのはいただけない。夏樹は立ち上がり、男たちを止めようと一歩踏み出した。

一瞬、少女と目が合った。

「じゃ、いいよ。ちょっとだけ遊んであげる」

すると彼女は急に手のひらを返し、夏樹はそれ以上進めなくなった。

乗り気でなかったはずの少女は一転してにっこり笑顔になると、男たちに応えて岩場の方へ行ってしまった。さっきまで、あんなにも鬱陶しそうな顔をしていたのに。

悪い男に絡まれた少女を助けようとしたはいいが空回り。別に助けなんていらなかったというオチである。

「ええ……」

「なっき、大丈夫？」

「うん、まあ、ありがとう。俺、もう旅館帰るわ」

意気揚々と一歩を踏み出しただけに、疲労感が重くのしかかる。久美子が、慰めるように頭を撫でてくれた。

「よしよし、なっきが間違ってないのは、私がちゃんと知ってるからね」

「……うん」

結局、そのまま久美子と一緒に旅館へ戻った。

けれど何故だろう、やはり先程の少女が気になる。

笑顔で男たちについていった彼女は一瞬だが、ひどく昏《くら》い目をしていた。

他のメンバーに一声かけて旅館にもどると、玄関で女将が出迎えてくれた。従業員は少ないのか、仲居がするような仕事も彼女が受け持っているらしい。

「おかえりなさい。楽しんでこられましたか？」

女将は嫋《たお》やかに微笑む。和服だからだろうか、いかにもおしとやかといった印象だ。

海での一件で沈んでいた気分も回復してきていたので、「はい、すっかり楽しみました」と元気よく返す。女将もそれはよかったと、優しく頷きで応えてくれた。

「ちょっと疲れたんで、俺らだけ先に帰ってきました」

「あらあら。露天風呂の方はいつでも入れますので、もしよろしければどうぞ」

「あ、いいねそれ。皆には悪いけど、先に入っちゃう？」

「当旅館の温泉は、肌にもいいですよ」

女将は振る舞いがおおらかで、とても話しやすい。高校生相手でもしっかりと会話をしてくれる。旅先での触れ合いという程ではないが、普段とはかけ離れた環境での雑談に夏樹も興が乗り、彼女の方は仕事中だというのに結構話し込んでしまった。

そうやって玄関に長いことといたせいだろう。背後から元気な声が聞こえてきた。

「たっだいま！」

「ああ、七海《ななみ》ちゃん。お帰りなさい」

「うん。母さん、ただいま。お腹が減ったー」

女将の娘、らしい。

振り返って少女の顔を見たところで、夏樹はあんぐりと大口を開けた。

「……さっきの」

「ん、君、どうしたのかな？　っと、その前に『初めまして』って言わなきゃダメか」

七海といったか。少女は夏樹の視線に気付き、張り付けたような笑顔を作ってみせる。

間違いない。彼女は先程ナンパについていった少女だ。それに今の態度を考えれば、一瞬だけ目が合ったのも覚えているらしい。

「あたしは七海、見ての通り母さんの娘ね。この度はウチの旅館に泊まっていただき、ありがとうございます」

「ふふ、七海ちゃん。ちゃんとお客様にご挨拶できましたねぇ」

「あはは。もう母さん、子供じゃないんだから、それくらいできるって」

母娘は笑い合い、七海は挨拶だけして「じゃあねっ！」とすぐさま旅館へと入っていった。

いきなりすぎて上手く反応できない。母親とは違い、なんというかテンションの高い女の子である。

「ごめんなさいね、うちの娘が」

「いえ、そんな」

「親の贔屓目《ひいきめ》はあると思いますが、可愛いでしょう？」

何とも答えにくい質問だ。確かに可愛いが、そう返せば下心ありと思われそうだし、それでなくとも隣に久美子がいる状況で他の女性を褒めるのは失礼ではなかろうか。

なんと言えばいいのか悩んでいると、女将はそもそも返答は期待していなかったようで、笑顔のままどんどん話を進めていく。

「少々お転婆のきらいがある娘ですが、母想いで言うことをよく聞く本当にいい子なんですよ。だから余計に甘くなってしまうのは、私の悪いところですね」

「へぇ。まぁ女将さん、見るからに娘さんのことが大切って感じだもんなぁ」

「ええ、勿論。あの子が元気でいてくれるだけで、私は幸せ……」

それはきっと、親ならば当然の感情なのだろう。夏樹の両親や爺ちゃんも、みんな大切な子供たちには甘かった。だから女将の言葉は別に気にするようなものではない。

なのに、ぞくりと背筋が冷える。

幸せを語る彼女のぎらついた瞳が、夏樹には奇妙に思えてならなかった。


つまり、気になっていたのだと思う。

女将の奇妙な態度に、七海という少女の振る舞い。どちらも不思議で、どこかズレているような感覚だった。

「わ、すっごい海の幸！　豪華だね」

この辺りはもともと漁が盛んな土地で、刺身やらサザエのつぼ焼きやら夕食には様々な海の幸が並んでいる。皆は予想外の豪華さにはしゃぎ、もちろん夏樹も豪勢な食事に舌鼓《したつづみ》を打った。

「こうも良い肴《さかな》が揃っていると、酒の一つも欲しくなるな」

「ごめん、さすがにそれは無理かな。高校生で予約組んで、学割にして貰ってるから」

酒が欲しいと言っているのは爺ちゃんだ。高校生のうちは色々問題があるし、できればやめてほしかった。

仲の良い友人たちが集まってする食事は、大いに盛り上がった。それぞれ満足そうにしている。

「美味しかったね」

「ああ、本当に」

地元の魚は新鮮で非常に美味しく、そのせいで食べ過ぎてしまった。膨れた腹をさすると、久美子がくすくすと笑う。

「さて、と」

「あれ、なっきどこ行くの?」

「腹ごなしに、ちょっと一人で散歩」

そう言うと付き合いの長さから、特に追及せず見送ってくれた。

幼馴染の気遣いに感謝し、夏樹は旅館の外へ出る。既に日は落ち、海風のおかげで涼しく過ごしやすい。しばらく夜の海を眺めながら散歩して、帰ったら露天風呂で汗を流してから寝るとしよう。

「はあ、夜の海ってのもあれだな。趣深いっていうか」

一人で来た理由は、なんとなくそんな気分だったとしか言いようがない。強いて言葉にするなら、あの親娘の違和感を飲み込む時間が欲しかった、というところだろう。

ざ、ざざ。

夜風に揺れる海、耳をくすぐる潮騒も心地よい。そっと流れる海からの風が頬を撫でれば、自然と寛《くつろ》いだ気分になれた。

目的もなく歩いていると、旅館からそれほど遠くない距離にある岩場へ辿り着く。

そういえば昼間旅館の人が言っていたが、もう少し離れたところによく魚が釣れる場所があるらしく、釣り人たちに人気のスポットになっているという話だ。

「明日は早起きして、旅館の人に道具借りて釣りっていうのも」

帰るのは明日の夕方だし、それも悪くないかもしれない。

そう思いながら岩場へ視線を送れば、潮騒が響く夜の暗がりの中、人影が目に入った。

「あれは……」

縁があるのか、それとも気にしているから目で追ってしまうのか。人影は、今日幾度か見かけた相手だ。女将の娘で、確か名前は七海。彼女だけではなく、岩場には男性の姿もある。昼にナンパしていた男とは、また別人だ。垢《あか》ぬけた雰囲気で女性にも慣れた印象を受ける。

「…こんな田舎に君みたいな……」

「……ええ、そう？」

「ああ……いつもこんな風に？」

潮騒に混じって、少しだけ会話が聞こえてしまった。

二人は別段親しいわけではなく、どうやら男の方は観光客らしい。

ただ、空気には相応の甘さがある。ひと夏の恋、というやつか。七海の無防備な振る舞いもわざとで、なんならそういう仲になってもいいくらいの気持ちなのだろう。

「しっかし、まあ。すごいな、素直に」

昼は二人組の男、夜はまた別の相手。お盛んなことである。親しい女子はいても恋人ができたことのない夏樹としては、羨ましいやら寂しいやら複雑な気持ちだ。

しばらくすると、七海だけを残して男の方が去っていく。なんならこの場でそういうことをいたすのでは、と思っていたので正直助かった。見知った顔の行為を目撃するのは、居た堪《たま》れなくなってしまう。

ほっと一息、改めて七海を見る。彼女は、昼間の元気さが嘘のような静かさで海を眺めていた。星の天幕の下、放っておけば波に攫われて消えてしまいそうなくらい儚げに映る。

多分夏樹は、その切ないほど優美な情景に少しの間見惚《みと》れていた。

「……ん？　あんたは」

けれど、それは唐突に崩れる。随分長い間目を奪われていたらしい。視線に気付いた少女が、手を振ってこちらにおいでと手招きしている。

やってしまった。夜に女の子を凝視している男とは、外聞が悪いにもほどがある。気付かれたなら無視はできないと、素直に応じた。

「ああ、どうも。こんばんは」

「こんばんは、お客さん。どうしたの、こんな夜中に」

「腹ごなしの散歩に。ええっと七海さん？」

「タメ口でいいよ、さんもいらない。ただの七海で。見た目は同い年みたいだし」

改めて接してみると七海は明るくさっぱりとした物言いで、思いのほか喋りやすい。ただ、その分、男遊びをするような女の子には見えなくてどこか不思議でもあった。

「じゃあ、七海はこんな夜中にどうしたんだ？」

「夕涼み……なぁんて、見てたんでしょ？」

そう言って彼女が悪戯っぽく口の端を吊り上げるものだから、言葉に詰まった。

男女のあれこれを覗《のぞ》き見していたのも、しっかりばれていた。けたけたと七海は笑っているが、こちらとしてはなんともバツが悪い。

「ま、見られながらは趣味じゃないから、お帰りいただいたけど。あんたは覗き見が趣味？」

「あ、いや。そういうつもりじゃなかったんだけどさ」

「別に、気にしてないよ。昼の時も知られてるし。大体そんな初心《うぶ》でもないんだから、そのくらいでガタガタ言わないって」

確かに、初心とは程遠い少女だ。首元にある小さな赤みがそれを肯定している。夏樹がどこを見ているか分かっているだろうに、彼女は隠そうともしない。

「ま、恋多き女ってヤツ？　観光客は後腐れないから、この時期になると結構ね」

それどころか見せつけるように、ほんの少し服の首元をずらす。よく日に焼けた肌と真っ白な水着跡がちらりと見えて、恥ずかしさに慌てて視線を下に逸らした。

反応が面白かったのか、七海は悪びれずに笑う。

夏樹は小さく唸《うな》った。しかし文句はあれど顔は上げられず、悔しさに耐えて足下を見つめ続ける。

夏の月の光を受けて、キラリとなにかが瞬《またた》いた。

「……え？」

不思議に思い目を凝らしてみると、岩場にはごつい三連のピアスが落ちていた。

どこかで見たデザイン。あれは、そうだ。昼間に彼女をナンパした輩《やから》がつけていたものと同じ。

なんでこんなところにと不思議に思い拾おうと手を伸ばしかけて、しかし夏樹の手は途中でぴたりと止まる。

「どしたの？」

七海に声をかけられたからではない。気付いたからだ。

ピアスは汚れている。べっとりと赤く何かが付着している。

夏樹には、その正体がすぐに分かった。

くっついているのは肉の欠片《かけら》だ。つまり、あれは耳の――

「なぁ、君さ……」

ゆっくりと顔を上げ、まっすぐに彼女を見つめる。

逃げることはしなかった。身構えも、怯《おび》えも、わずかな動揺さえ見せない。怪異に慣れているせいで、感覚が麻痺していたのかもしれない。まさかこの少女が、と想像を信じきれていなかったというのもある。

理由はどうあれ最悪の事態を思い浮かべながら、夏樹は先程までと変わらない調子で接する。

「ほら、あたしってばさ、キレイでしょ？　男の中には無理矢理にってヤツらもいてさぁ。そういうヤツらなら、別にいいと思わない？」

彼女の態度もまた、大した変化はない。

「『リゾートバイト』っていう怪談知ってる？」

今までの経験が雄弁に告げている。

「実はあたし、もう死んでるんだよね。だから、人間の肉がいるの」

けたけたと、七海は明るく笑う。

その無邪気さに、夏樹は静かに理解した。

他者の肉を喰らい、己が命を繋ぐ理外のあやかし。

――つまり、七海は人喰いだった。

リゾートバイトは、某掲示板に投稿された都市伝説である。

夏休みに、とある海辺の旅館へ三人の少年がバイトをしに行った。

女将さんはとっても優しい。いいところだなぁと少年たちは喜んだが、一つだけ不思議な点があった。一般開放されていない旅館の二階へ、女将さんは毎日食事を運ぶのだ。

『女将さんさ、二階にいつも飯《めし》持ってくけど、あそこ誰かいんの？』

『病人？』

『ちょっと探検してみようぜ！』

夏のテンションもあったのだろう。好奇心を搔《か》き立てられ、少年らは二階へと昇っていく。けれどそれは、探検というほど楽しいものにはならなかった。

電灯のない、人一人通れるかという狭い階段。漂う何かが腐ったような臭いに吐き気を催す。なんだろう。パキッ、パキッと奇妙な音が聞こえてきた。

違う。鳴っているのは足元。何かを踏み潰している、その音だ。

彼らは誘われるように進み、突き当りの踊り場へと辿り着く。一際強くなった腐臭と、眼前の光景に言葉を失くした。

踊り場の隅には、大量に積み重ねられた残飯。それが腐ってハエが集まっている。奥の部屋の扉は、大きな板を釘で打ち付けて開かないようにしてあった。板にはおびただしい数のお札。まるで、なにかおぞましいものを封じ込めるかのように。

ガリガリガリガリガリガリ……

その想像は多分間違っていなかった。扉の向こうには何かがいる。爪で壁をひっかいているのか、ガリガリと嫌な音が鳴り続けている。

『ひゅー…ひゅっ、ひゅー……』

さらに不規則な呼吸音が聞こえてきて、そこで限界だった。

あの扉の奥には、得体のしれない何かがいる。女将さんは、ソイツに飯を持っていっていたんだ。そうと気付いた少年たちは一目散に逃げ出した。

一階へ戻ってきた彼らは、自身の体についている奇妙な欠片を見て絶句した。

それは爪だった。

パキッ、パキッ、という気色の悪い音は、大量の爪を踏み潰していた音だったのだ。

もうこんなところでバイトはしていられない。すぐさま女将さんにバイトを辞めたいと伝えれば、意外なことに彼女は「しかたないねぇ」と笑顔でそれを認めた。そのうえ、いきなり辞めると言い出したのに、これまでのバイト代を封筒に入れて渡してくれた。帰りのお弁当としておにぎりを、お土産代わりにと巾着袋も持たせられた。

不可解なものを感じつつも、助かったとばかりに彼らは旅館を離れる。

ただし助かってはいなかった。

少年らは狭い廊下で確かに見た。

暗闇に蠢《うごめ》く四つの影を。

見てはいけないものを見てしまった時点で、彼らはあやかしに取り込まれている。呪いは既に成就してしまっているのだ。

少年たちの遭遇した怪異は、のちに一人の僧侶によって紐解かれる。

僧侶は、この海に伝わる一つの伝承を語る。おぞましくも哀しい母の愛の物語である。

彼らがバイトをしに来た海辺周辺は土地柄漁師が多く、一つの古い民間信仰があった。

漁師の家に子が生まれると、その子は物心がつく頃から親と共に海に出るようになる。この土地では、それがごく普通のしきたりだった。ただ、漁は危険との隣り合わせ。子を案じる母は、我が子に御守りとして臍《へそ》の緒《お》を持たせる。

臍の緒は母子を繋いでいたもの。だからたとえ波に攫われ行方不明となっても、臍の緒を手繰《たぐ》って子は母のもとに還ってくる。この地域では、古くからそう信じられてきた。

『ああ、愛しいわが子よ。どうか、どうか無事でいて』

『生まれる前、私と繋がっていたように』

『どこにいようとも、私のもとへ帰ってこられるように』

『この臍の緒を離さずに持っていて』

しかし、その願いが叶えられることはない。漁で行方不明になった子供たちは溺れ死に、二度と帰ってこなかった。

そのはずだった。にもかかわらず、一人の女が喜色満面で語る。

『子供が、子供が帰ってきた！』

彼女もまた漁で子供を失い、哀しみから長らく臥《ふ》せっていた母親だった。

周囲の者は当然信用しない。波に攫われて生きているとは思えないし、そもそも母親が海で子を失ったのは三年も前のことだ。子供を見せてくれと言っても、彼女は『もう少ししたら見せられるから待っていてくれ』とはぐらかすばかり。

だから皆は思った。

『ついに頭がおかしくなったのか。きっと彼女は哀しみのあまり、ありもしない幻を見ているのだろう』

しかし、ある夜、近所の人間がその母親が散歩しているところを目撃する。しかも楽しそうに。暗がりでよく見えないが、どうやら子供と手を繋いでお喋りでもしている様子だ。子供が帰ってきたというのは本当だったのか。人々は母親の家を訪ね、疑ったことを謝罪した。

『何も気にしていません。この子が戻って来た、それだけで幸せです』

そう言った彼女は心からの笑みで、帰ってきた子供を見せてくれた。

青紫色の肌。膨張した体躯《たいく》。髪の抜け落ちた頭。腫れ上がった瞼《まぶた》に、どこも見ていない互い違いの瞳。口から何か泡のようなものを吹きながら、〝子供〟は母親の呼びかけに反応して奇声を発する。

そこには彼女の子供がいた。

古い信仰は、確かに真実だった。

子供は臍の緒を手繰り母のもとへ帰ってきたのだ。命を落とし、化け物になっても。

リゾートバイトの女将さんは、伝承に登場する母親と同じだった。同じく漁で息子を失くし、同じく悲しみに臥せり。だから同じく帰ってきてほしいと願い、彼女と同じことをした。分かたれた子供は、臍の緒を手繰り母のもとへ帰ってくる。

つまり、臍の緒を媒介とした死者蘇生の儀式である。愛しい子供を失った母は、外法《げほう》に手を染めても親子で仲良く暮らした幸福の日々を取り戻したかった。

ただし、伝承にある死者蘇生は失敗で終わる。戻ってきた子供が、化け物になってしまうのだ。それではいけないと、女将さんは子供の魂が帰ってきた時に使える〝容器〟を欲した。やはり器は息子と同じ年頃がいい。

　そうして彼女はバイトという名目で、器になりそうな年齢の少年を三人ほど集めた。

『ああ、我が子よ。もう一度一緒に暮らしましょう。そのためなら、お母さんは何でもします』

『外法の儀式も苦ではない。どれだけ爛《ただ》れた容貌でも愛おしい』

『でも一緒に暮らすのなら、ちゃんとした姿であるに越したことはありません』

『だから、彼らを……』

　バイトの少年たちは、最初から生贄《いけにえ》として集められた。

　彼らに降りかかった呪いとは即ち、儀式によって憑《と》りついた魂。

　女将さんの子供のものではない。母の強すぎる情愛は、自身の息子ではなく得体のしれない何かを呼び寄せてしまった。


　これがリゾートバイトの都市伝説。

　夏休み、少年たちが遭遇した母の愛と妄執《もうしゅう》のお話。

　幸いなことに僧侶によって呪いは解かれて助かったが、彼らは二度とその旅館に近付くことはなかったという。

後編

七海の地元には、昔から古い言い伝えがある。

海に出る時は臍の緒を持っていると、波に攫われても母親のもとへ戻って来られる。土地柄、漁で生計を立てる人が多かったから、そういうおまじないが定着したのだろう。けれど不慮の事故は、どうしても起こってしまうものだ。

『いやぁ!? 七海、ななみぃ!?』

臍の緒のお守りを持っていた七海は、ある夏に海で遊んでいる時に足が攣《つ》ってしまい、そのまま溺死した。

『大丈夫、だいじょうぶよ、もどって、もどってこられるから……』

母は娘をとてもかわいがっていた。その分、悲しみも深かった。なぜ、あの時出かけるのを止めなかったのか。毎日泣いて過ごした。七海が亡くなった事実を受け止めたくなかった。

だから母は、嘘みたいな伝承に縋《すが》った。死者蘇生。昔話に出てくるような儀式を、大真面目に行ったのだ。傍目《はため》には頭がおかしくなったようにしか見えなかったが、一念岩をも通す。信じられないことに、七海は本当に生き返った。

ただ、やはりどこかが歪んでいたのだろう。

復活した後の七海は、これまでの彼女とは違っていた。

不完全な肉体は、何かの拍子ですぐに死体に戻ってしまう。どうすればいいのかを、七海は何故か最初から知っていた。

〝腐っていく肉は、生者の肉でしか埋められない。命を繋ぐものは命しかありえない〟

少女は他人の肉で壊れていく己を生かすしかできない、正真正銘の化け物になっていた。

それが辛い。こんなことをしてまで生きていたくない。

『私はね、七海ちゃんが元気でいてくれればそれだけで幸せなの』

なのに母の喜ぶ顔が消えてくれず、死を選ぶこともできなかった。

だから七海は人を喰う。それが母の笑顔を守ることだと信じて。

◇

翌日、夏樹は釣竿を持って岩場に出かけた。

女将に聞いたところ、七海はなにかあるといつもの岩場を訪れるそうだ。リゾートバイトの都市伝説を踏まえれば、少女は既に死亡しており女将の手で復活させられた。海で溺れ死んだ彼女は、ここから見える景色になにを思うのだろうか。

しばらく釣糸を垂らしていると、七海が重い足取りでやって来た。

「よっす、七海、おはよう」

少し驚いた様子だった。正体を明かした手前、普通に声をかけられるとは思っていなかったのかもしれない。

「君、なにやってんの？」

「魚釣り。旅館で竿貸してもらったんだ」

もともとこの土地は釣り人にはいいスポットらしいが、流れの強い岩場の辺りはそこまで魚が釣れるわけではないと聞いた。実際、足元のバケツには一匹も魚が入っておらず、それでも夏樹は釣り糸を垂らしたまま荒々しい波を見つめていた。

「釣れないっしょ？」

「うん、全然」

七海は逃げも怯えもしないどころか、あくびまでする夏樹を奇妙そうに見ていた。

「釣りならいいスポット教えたげよか？　もう入れ食い状態の」

「いいよ、別に。考え事してるだけだし。どうすればいいのかなって」

「なにがよ？」

「だから、君のこと」

彼女をこのままにしておいていいのか。

人を喰う化け物。普通に考えたら、放っておいてはいけない類の存在だ。幸い夏樹の近くには、その手の怪異をどうにかしてくれる〝専門家〟が存在する。爺ちゃんを頼れば、すぐに助けてくれるだろう。

だからこそ一人でここに来た。少しだけ彼女と話してみたかった。

「え、ナンパ？　困るなぁ、可愛いって罪だね」

「まぁ、可愛いとは思うけどさ。ちなみに本当に誘ったら付き合ってくれる？」

「あっ、ごめんね。ないわ、マジで。アタシ、細マッチョが好みなの」

「さらっと人のコンプレックス、打ち抜いてくんなよ」

七海は胸を隠しながら一歩二歩退いた。わざとらしく肩を震わせているあたり芸が細かい。ただ口元はにまにまと、完全に悪戯っ子の表情だった。

「なになに、あたしに興味津々？」

「否定はしない。ナンパするのもいいかな、とは考えた」

「おお、勇気あるね」

少しだけ目が鋭さを増した。その言葉が意味するところは夏樹にも分かった。

「じゃあ、やっぱりさ。昨日のナンパ男たちってさ」

「食べちゃったよ、二つの意味で」

「そっか」

竿がしなり、少し期待して引き上げる。釣れたのは空き缶。ベタ過ぎて泣けてきた。七海が小さく笑う。夏樹の情けない釣果《ちょうか》に肩の力を抜いてくれたようだ。

「やっぱり、観光客狙い？」

「まあね、後腐れないいし。なんて言うの、ひと夏の恋ってやつ？」

「いいな、その響き。男子高校生としては憧れる」

「男って皆、そんなんだね。責任取りたくないってのがあからさま。あ、私は相手しないから、そういうのは他の女の子探すように」

「あれ、俺って狙われたりしてないの？」

「だからないって言ってんじゃん。あたしにだって選ぶ権利くらいあるの」

会話は和やかに進む。彼女は人喰いだが恐ろしくはない。ちらりと盗み見た横顔は、痛ましく寂しそうだった。たぶん、彼女こそが誰よりも「このままにしておいていいのか」と迷い続けてきたのだ。

「……最初は、さ」

絞り出す声は苦悩に満ちている。

どれだけ彼女は苦しんできたのだろう。人を喰うこと、そうまでして生きること。どちらも忌まわしいと自分を責めてきた。その心を想像しようとすること自体がおこがましい。夏樹にできるのは、何も知らない行きずりの少年として耳を傾けるくらいだ。

「生き返ったのが嬉しくて。ほら、一応、年頃の乙女ですし好きな人もいたんだ。でもまぁ、深く触れ合うとね。本当に取り込んじゃうんだ。止められないの」

リゾートバイトの都市伝説において、復活した子供は単なる化け物となってしまった。きっと彼女も紫色の肌の、そういう存在だ。しかし人を喰らい、人の姿を保っている。いや、保ってしまったというべきか。

都市伝説では失敗した儀式の足りない部分を、彼女は意図せずに埋めた。その初めの一人が「好きな人」。皮肉にも彼女の慕う誰かが、七海という少女を成り立たせた。

「だから、女の子を食い物にするようなヤツだけ選ぶようにね。それからは、気が楽になったかな。だって無理矢理食われるんだもん、こっちが喰い返しても問題ないでしょ？」

それを責めることはできなかった。

彼女は足りないものを他から持ってくることで、七海足り得る。人喰いをやめれば、おそらく今の姿を維持できない。その時にこそ少女は真実リゾートバイトの都市伝説に、紫の肌の化け物になってしまう。

『七海は、本当にいい子で』

『いつまでもあの子と一緒にいられたら、私はそれだけで幸せなんです』

『お嫁には、行ってほしくありませんねぇ』

『婿ならいつでも大歓迎ですよ』

釣竿を借りる際の、楽しそうな女将を思い出す。

母親が間違った儀式で彼女を蘇らせた。そうまでして娘と離れたくなかった。その愛情を、どうして何も知らないガキが否定できるのか。結局、夏樹には、人を喰う娘も死者を蘇らせた母も責められない。

「童貞にそんな話しないでください、お願いします」

「ありゃ、そいつはごめん。相手は……してあげらんないかな」

「いいよ、別に。俺の初めては、海の見えるホテルで恋人とって決めてるんだから」

「あはは、いいね、それ。憧れだわ」

彼女にはもうできない。体は人を喰う化け物でありながら、ついぞ人の心を捨て切れなかった。そうまでして生きるのは、死ぬのが怖いからではなく母のため。もう泣かせたくないから、歪《いびつ》な生に少女はしがみ付く。

「さってと、邪魔したね。んじゃ、引き続き空き缶釣りを楽しんでください」

「おう」

適当なところで話を切り上げ、七海は踵《きびす》を返した。

夏樹も呼び止めない。所詮《しょせん》はただの行きずり。彼女の苦悩を知らない男に言えることなど、何もないのだ。

「おっ」

くい、と竿がしなる。

今度こそはと引き上げれば、またも空き缶だった。

リゾートバイトは「母が死んだ子供を蘇らせる」話である。

死者の復活というモチーフ自体は、説話においてさして珍しいものではない。

例えばグリム童話の『杜松《ネズ》の木』では、殺された子供が拾い集められた骨から復活する。ばらばらになった死骸を集めて何らかの手段を講じることで、死んだ者は肉をつけ魂を戻す。いわゆる反魂の儀式というのはしばしば民話の中に現れ、しかも成功例は少なくない。

逆に、失敗例も同じように存在する。『撰集抄《せんじゅうしょう》』では、僧侶の西行《さいぎょう》が反魂の術で死者を蘇らせている。心を共有できる友人が欲しいと思った西行は、骨を拾い集めて藤の糸で結ぶとその骨に薬を塗り、イチゴやハコべなど様々な植物の葉をもんだり灰にしたものを骨につけ、水で洗い安置した。しかる後に香を焚いて反魂の術を行った。ところが、そうして蘇った人間には心がなかったという。

ここで重要なのは、復活の儀式においては「足りないものを他から持ってくる」必要があるという点だ。そして基本的に、儀式を成功させれば死者の復活は有り得る。

その意味でリゾートバイトの女将は、儀式に明確に失敗しているといえるだろう（その点は原典でも言及されている）。

さて、死者蘇生の説話においてよく見られるキーワードに「鳥」と「植物」がある。

グリム童話の杜松の木では鳥が歌を歌い、西行の反魂の術では植物を使って死者を蘇らせる。植物は冬に枯れて春に芽吹く。そこに人々は永遠性、不死を見出し、洋の東西を問わず植物には転生や再生を成す力があると信じられた。再生信仰と呼ばれるもので、神話で豊穣神が復活するエピソードが多い理由の一つである。鳥は、そもそも多くの説話で魂の象徴として扱われる。どの話でも決して邪悪なイメージはなく、むしろ復活後は鳥のように自由に振る舞えて花が咲くような美しさを得られる。

実は死んだ後、死ぬ前よりも美しい容姿や優れた能力を得て復活するというテンプレは、古い説話には多く見られる。

復活の儀式自体は、外法というほどのものではないのだ。

しかしながら、リゾートバイトは怖い話として成立する。それを成立させるのは、化け物よりもむしろ女将の存在だ。母の愛と妄執を主題とするストーリーは、都市伝説や説話、伝承において比較的ポピュラーな部類である。

有名どころをあげるのならば、やはり「飴屋の幽霊」などに代表される「赤子民話」だろうか。飴屋の幽霊は、死んだ後、三途《さんず》の川を渡るための六文銭で子供に飴を買って育てる母親の霊の話だ。このように死んだ母親が子供を育てるという母の愛と妄執の物語、その類型を総称して赤子民話と呼ぶ。

ただ、リゾートバイトの都市伝説と赤子民話では、同じく「母の愛」「死を乗り越える」「死後も共にあろうとする」などのキーワードを有しながらその趣は大きく異なる。赤子民話において母親は、子供のために成仏の機会を捨て、子の未来のために怪異になる。

だが、リゾートバイトは逆だ。これは哀しい母の愛だと体験者は語るが、その実、母親は哀しみから子供の成仏の機会を奪い、自身の幸福のために子を怪異に変えるのである。

一般的な赤子民話では子供が主体であり、リゾートバイトでは母が主体。そもそもこの都市伝説は、「母の愛」ではなく「母のエゴ」を語る。だからリゾートバイトは怖い話だ。ただし、それはホラーとしてではない。この都市伝説における恐怖の根本とは、子を自身の延長と考え、過干渉や過保護で子供の将来を駄目にする母親そのもの。

リゾートバイトの化け物とは、青紫の肌の子供ではなく女将を指す。

本当は、リゾートバイトの都市伝説は怪談ではないのである。

リゾートバイトの都市伝説の怪物は、目に入れても痛くないいくらい可愛らしい。だってそうだろう、この怪物は誰かの子供だ。たとえどのような姿をしていても、愛する子供が可愛くないはずがないのだ。


「お世話になりました！」

空は、もう夕暮れに染まっている。

一泊二日の旅行もおしまい。皆で集まって元気に挨拶をする。

女将は旅館の玄関で見送ってくれた。楽しかった、また来たいと、いつものメンバーは口々に言っている。その中で夏樹だけは浮かない顔で、少し迷った後に女将に声をかけた。

「あの」

「はい、どうかしましたか？」

返ってきたのは、あまりにも穏やかな微笑みだ。一切の憂いもなく、たおやかに曇りのない心で笑っている。

「……いえ、七海さん。カワイイですよね。ちょっと話したんですけど。すごい、いい子で」

「ええ本当に。母想いの、優しい子なんです」

ああ、知っている。

七海は人でいるために、母を悲しませないために人を喰らう。間違いだと理解しながら、苦悩に苛《さいな》まれながら。それでも死んで楽になるなんて道は選べなかった。

「私は、本当に幸せ……こうやって七海ちゃんと一緒に暮らせる。それだけで、もう何もいらない。あの子がいてくれるなら、それでいいんです」

「大切にしてるんですね」

「ええ。だって、愛しい娘なんですもの」

だから七海は娘であり続ける。

腐っていく肉は肉でしか埋められない。命を繋ぐものは命しかありえない。ならきっと、歪な愛情に応えられるのもまた、歪な愛情以外存在しない。

「そう、ですか。女将さん、お世話になりました。どうかお元気で」

「はい。もしよかったら、またお越しください」

これ以上何も言えなくなって、夏樹は丁寧に頭を下げた。後は、最後にもう一度だけ彼女に会っておきたい。

「みこ、ごめん」

「ん？　どしたの、なっき」

「ちょっとさ、離れるから。すぐ戻るな」

「おっけー」

「……簡単に認めるなぁ」

「なっきのことだから、また馬鹿やってるんでしょ？　早く行ってきなって、皆には説明しておくから」

嬉しくなることを言ってくれる。

にししと笑う幼馴染に感謝して駆け出す。

行き先は、あの岩場だ。別に約束したわけではないけど、そこで彼女は待ってくれているような気がした。


ざ、ざざ。

橙色に染まる波が泣いている。

訪れた岩場、西日が眩しくて夏樹は目を細めた。手で光を遮りつつ、ゆっくりと歩く。

「お、どしたの、お客さん？」

辿り着いた先で朗らかに笑う。やはり、彼女はここにいた。

「いや、もう帰るから一応、挨拶をと思って」

「あ、そうなの？　じゃね、お元気で」

「軽いなぁ」

「重くされても困るでしょうが」

「そりゃそうだけど」

小気味のいい会話だ。

恐怖はない。それがおかしいとは分かっているのに、どうしても彼女を恐ろしいとは思えなかった。

「他の人には、あたしのこと話したの？」

「いいや。信じてはもらえるだろうけど、別に騒ぐようなことじゃないし」

「ふうん、変なヤツ」

人喰いの化け物を前にして、人を殺したと知りながら、恐怖も嫌悪もせずに平然と振る舞う。普通に考えれば頭のおかしいヤツだ。最後の挨拶にまで来る夏樹のことを、たぶん彼女は理解できていない。

「なんかないの？」

「え？」

「だから、『化け物』とか『人を喰うな』とか、そういうの。そもそもさ、普通はもっと怖がるでしょ」

「言うことはないし、怖くもない。ただ、少し悲しい」

「あたしが？」

「何にもできない自分が」

リゾートバイトの都市伝説は、偶然訪れた僧侶によって呪いが解かれ、最後に女将が蘇らせた息子に喰われることで幕を下ろす。しかし、七海の物語は終わらない。

「でもさ、聞きたいことが一つだけあるんだ」

「んー、なに？」

一度呼吸を置いて、静かに呟く。

「いいのか？」

問いは、ただそれだけ。しかし、彼女には十分に伝わった。

「うん。アタシはさ、これでいいって思ってる」

七海は素直に心の内を明かしてくれた。

ひと夏の恋なんて綾のあるものじゃないけれど。少年は訪れた海で少女に出会い、わずかながらに交流を持った。なら、これくらいは夏の思い出で済む話だろう。

「だって、あの人の娘なんだし。親孝行くらいはしてやんなきゃ。あんまりに母さんが可哀相じゃん」

母親のためと語る姿は、どうしようもないくらい儚い。少し目を離したら、潮騒に攫われて消えてしまいそうだ。

「だから間違ってても、このまんま。ひと夏の恋をして、体を開いて。多分、来年もそうしてる。できれば相手がイケメンだったら嬉しいかなぁ」

「……そっか。ごめん、嫌なこと聞いた」

「ううん、こっちこそごめん。あと、あんがとね」

初めから意味のない問いだった。何を言ったって彼女には届かない。

もうとっくの昔に心は決めている。既に死んだ身ならば、母のために化け物として存在しよう。

彼女は、そういう道を選んでしまった。

「だからさ。多分あたしは、君だけは好きにならないよ」

勝ち誇るようなその言葉は、きっと彼女の本音だ。ひと夏の恋の果てに人を喰らうあやかしは、夏樹には恋をしない。その意味を、そこに込められた心を間違えるほど彼は鈍くなかった。けれど気付かないふりをする。聞き返したら彼女の優しさを無駄にしてしまう。精一杯の強がりで、夏樹は目を逸らした。

「……ちぇ、俺、モテないなぁ」

「あはは、そう言いなさんな。君ならすぐに似合いのカノジョができるって」

ざ、ざざ。

視線の先には橙色の海が広がり、空との境界さえあやふやだ。

耳をくすぐる波音だけが、二人の間には流れていた。


こうして一泊二日の旅行は終わり、夏樹は帰りの電車の中でぼんやりと流れる景色を見つめていた。

久美子や姫川、他のメンバーは遊び疲れて眠りこけている。夏樹も正直疲れていたが、なぜか眠くはならなかった。

「浮かない顔だな」

「……爺ちゃん」

甚夜も、まだ起きていた。一度溜息を吐いて遠くを眺めながら答える。

「ひと夏の恋って寂しいな」

「どうした、急に」

「いや、ちょっとさ。なんにも言えなくて、お互い誤魔化して。肝心なことには見ないふりをして。なんだったんだろうな、って思っちゃってさ」

ただの雑談だ。それで何かを得られるなんて思っていない。

甚夜は小さく笑みを落とし、諭すような穏やかさで応える。

「それでいいんじゃないか」

「え？」

「形に残るものなどないかもしれない。けれど、夢のままに終わるからこそ美しいものもあるだろう」

「そう、かな」

「報われるばかりが想いじゃないさ。たとえひと夏の、瞬きに消える触れ合いだったとしても。確かに、お前は少女の心を救ったんだ」

まるで見てきたように言うものだから、思わずぎょっとしてしまう。けれど爺ちゃんは相変わらず無表情で、「少し寝ておけ」と言うだけ。夏樹には彼の胸中は測れず、言われるままにとりあえず目を瞑《つぶ》る。

やはり眠れない。

余計なものばかり瞼《まぶた》の裏に映るせいだ。

思い浮かぶのは、母のために人であることを捨てた少女のこと。

儚いまでに美しい、海辺に潜む愛情のこと。


これでリゾートバイトの話はおしまい。

きっと彼女は、来年もまた恋をするだろう。ひと夏の恋に身を委ねて、その度に誰かを喰らい。母の安寧のために、どこにも行けず苦悩する。毎年あの海辺では、観光客が一人二人姿を消すだろう。

哀しい都市伝説は、これからも続いていく。

わずかに触れ合っただけの少年のことを、彼女は時折にでも思い返してくれるだろうか。

結局、夏樹は眠れずにうっすらと目を開ける。

電車は走り、景色は押し流されていく。

あの海は既に遠くなった。多分、もう行くことはないのだろう。

広がる夕暮れの空は、橙色の海を思わせて。

幻視した少女の微笑は、潮騒の向こうに消えていった。

ダブルフェイク　ザ　花子さん

1

平成二十一年（２００９年）四月。

藤堂夏樹のクラスには、葛野甚夜という男がいる。

夏樹と同じく怪異に巻き込まれやすい体質だが、むこうは事情が違う。甚夜は日本刀を片手に怪異を祓《はら》うといった、退魔師の真似事ができるのだ。ただ、彼の方は夏樹と違って都市伝説運が悪く、出会う怪異は大抵が危険な存在だ。今は高校に通いながら、都市伝説を相手に切った張ったをやっていた。

これは誰も倒さない夏樹ではなく、倒すしか能のない男の話である。

◇

兵庫県立戻川高校に入学してから数週間が経ち、新しい環境にも多少は慣れてきた。

姫川みやかはここ最近の怪異関連の事件で世話になった甚夜と、屋上でのんびり昼食を食べていた。しかし、いきなり飛び込んできた親友、梓屋薫《あずさやかおる》の第一声によって寛《くつろ》いだ空気は吹き飛ばされる。

曰《いわ》く「トイレの花子さんが出た」。

昨日、「怪人赤マント」の事件が解決したばかり。しばらくは平穏な日々が続くと思ったのに、一日持たず新たな都市伝説が現れてしまったのだ。

《トイレの花子さん》

暗くなる頃、学校の校舎三階の女子トイレで扉を三回ノックし、「花子さんいらっしゃいますか?」と尋ねる。それを一番手前の個室から奥まで、三回ずつ繰り返す。

すると三番目の個室から、かすかな声と返事が聞こえてくる。

『はーい……』

扉を開ければ、誰もいなかったはずのトイレの中に、赤いスカートのおかっぱ頭の女の子が姿を現す。彼女はトイレの花子さん。非業の死を遂げた少女の幽霊であり、呼び出した人間をトイレの中に引きずり込んで殺してしまうのだという。

１９８０年代に全国の学校で騒がれた少女の都市伝説で、学校七不思議などにも数えられるトイレの怪異だ。

１９７０年代前後は空前のオカルトブームで、ＵＦＯや「ノストラダムスの大予言」などが大流行し、妖怪マンガやホラーマンガが市民権を得て怪談などが連日テレビやラジオで流されていた時代である。トイレの花子さんはそのブームが落ち着きかけた頃に登場し、後の１９９０年代、学校の怪談ブームの先駆けとなった。

花子さんは非常に有名なホラーだが、剥げ落ちたトイレのマークを直したり危険な行為に対し「危ないからやめなさいね」と注意したりと、実は意外と優しかったりする。その一方でトイレでのマナー違反には厳しく、特に自身を呼び出す相手には、殺人をもって返すこともしばしば。二面性こそあるものの、基本的にはこちらから呼び出さない限り危害を加えないという穏やかな都市伝説である。


梓屋薫は、みやかの中学時代からの友人だ。どちらかといえば大人しいみやかとは違って友達が多く、コミュニケーション能力が高い少女である。

「でね、噂ではC棟の三階の女子トイレで、なんか怖いのが出たんだって！　それがトイレの花子さんだって話なの！」

「薫、なんかふわっとし過ぎてない？」

「ううん、隣のクラスの男の子が話してるのを聞いたって人から、教えてもらっただけだし」

どうやら薫は「トイレの花子さんが出た」という話を耳にした後、そのまま勢いでここまで来たらしい。まず、女子トイレの怪異の第一発見者が隣のクラスの男子であるというのがおかしい。それは下手すると都市伝説以上に嫌な話だ。

「件《くだん》の男子生徒の処遇については、後で考えるとして……」

その辺りは甚夜も同意見のようだ。まだ会ってから一か月そこらだが、彼は薫には妙に甘い。女子トイレに出入りする男子に対して、多少のお仕置きくらいは考えているのかもしれない。

だが、そこで穏やかな彼の表情は一変し、目付きが刃物の鋭さに変わった。

「花子さんの噂があるのなら、捨て置くわけにもいかないだろう。二人とも、C棟三階のトイレには近付かないよう頼む。後は、何か噂を耳にしたら」

「うん、葛野君にも伝える……で、いいんだよね」

「そうしてくれると助かる」

甚夜のことをみやかはいまだに把握しきれていないが、口裂け女や赤マントの件のおかげで、良識があって性格も寛容だということくらいは分かった。なにより都市伝説絡みなら彼が専門、判断には従うべきだ。

手早く昼食を終えると甚夜はすぐに立ち上がり、「では、な」と軽く挨拶して屋上を去る。

「あ……」

みやかは、それを黙って見送った。

もう少し月日を重ねて仲良くなれれば違う対応もできたかもしれないが、入学して一か月程度の付き合いでは、そこまで上手くも立ち回れない。ただのクラスメイトで、自分は助けてもらった側。引け目は、踏み込む一歩を躊躇《ためら》わせた。

「葛野くん、大丈夫かな？」

「う、ん。どうだろ」

「とりあえず私たちは、クラスの女子に話でも聞く？　口裂け女の時も赤マントの時もお世話になったんだし、ちょっとくらい力になりたいもんね」

薫が何の裏もなく、彼のことを素直に助けてあげたいと言う。そうやってまっすぐ誰かに向き合えるのは、この親友のすごいところだと思う。

ぐっと両の拳を握り締める親友に同意して、みやかも小さく頷《うなず》いた。

トイレの花子さん。

呼び出したものをトイレの中に引きずり込み殺す少女の幽霊。

それが現実のものとなったのならば。

過《よぎ》った想像に、うすら寒い何かを感じずにはいられなかった。

◇

みやかの予感とは裏腹に、事態は気の抜けた方向へ進む。

みやかは口裂け女や赤マントの件から、トイレの花子さんもまた危険な怪異だと考えた。

だが、今回は少しばかり毛色が違った。

「さて」

放課後、甚夜はC棟にまで足を運び、現場を……とはさすがにいかない。調査目的だとしても、男が女子トイレに出入りしてはそちらの方が問題だ。かといってトイレの花子さんの危険性が読み切れていない以上、みやかや薫に頼るのも気が引ける。下校時刻を待ち、生徒や教師が完全にいなくなってから調べるのが無難だろう。

今後の方針を決めてどこで時間を潰そうかと考えていると、見知った男子生徒が廊下を小走りにして近付いてきた。

「おー、いたいた。爺ちゃん」

軽く手をあげて話しかけるのは、入学以前から付き合いのある男子、藤堂夏樹だ。『暦座《こよみざ》キネマ館』の藤堂芳彦《よしひこ》・希美子《きみこ》夫妻のひ孫にあたり、幼い頃は一緒に暮らしていたため今も「爺ちゃん」と慕ってくれている。

夏樹らの家族が葛野市に引っ越してから会う機会は減ってしまっていたが、甚夜にとってもかわいい孫のようなもの。クラスメイトという奇妙な形とはいえ、こうやって再び接する機会が得られたのは素直に嬉しかった。

「ああ、夏樹。どうした?」

「いやあ、実は。なんというか、依頼人?的な感じの子が来ててさ。今、手ぇ空いてる?」

夏樹は、甚夜の事情も目的もあらかた知っている。妹への復讐以外にも、かつての赤線地帯での恋物語や未来視の少女の話、江戸の頃の蕎麦屋《そばや》に明治の子育て苦労など、昔話を色々と話していた。またマガツメの情報を得るために、様々なオカルトな事件に首を突っ込んだり依頼を受けて解決していることも、彼は知っている。

だから芳彦や夏樹の祖父の兄・甚悟《じんご》がそうであったように、時折こうして不可思議な依頼を持ってきてくれるのだが、今回は少しタイミングが悪かった。

「微妙に空いてないんだ。しばらくトイレの花子さんの噂を追うつもりでな」

普段なら引き受けるのだが、トイレの花子さんも放っておけない。本人たちは知る由もないが、甚夜にとってはみやかも薫も縁の深い少女だ。女子トイレに出没する怪異を放っておいて、あの子たちが犠牲になるような事態はあまり考えたくない。

花子さんの件が片付いたら、改めて話を聞こう。そう思ったのだが、むしろタイミングがいいとばかりに夏樹はにっかりと笑った。

「あ、それならちょうどよかった。こっちもトイレの花子さん絡みだし」

偶然とはいえ、甚夜としてもなんらかのヒントが得られそうでありがたい。

「どういった話だ？」

「うん。なんというか、あれだ」

ただ、彼は藤堂芳彦の直系の子孫。岡田貴一《おかだきいち》や井槌《いづち》、溜那《りゅうな》や向日葵《ひまわり》、それに甚夜自身も含め、特別な力を持たないにもかかわらず数多《あまた》の怪異に一目置かれていた男のひ孫である。相談は、まったく想定外のものだった。

「依頼人、〝トイレの花子さん〟なんだよ」

何気なく、さらりと、それが普通だというように夏樹は語る。

いい加減慣れてきたつもりでいた甚夜でさえ、若干戸惑うくらいに自然だった。

「……すまない、もう一度言ってもらえるかな」

「だから依頼人……依頼都市伝説？　とにかく、トイレの花子さんに力を貸してやって欲しいいんだ」

　そうしてちらりと横目で見た先には、ゆらり揺れる影。トッと軽やかな靴音を響かせて、美しい女童が廊下に現れた。

　見た目は小学生くらいだが、幼いながらに人目を惹《ひ》く整った顔立ちをしている。白いワイシャツに赤い吊りスカート。黒く艶やかな髪のおかっぱ頭の女の子は、唇に軽く指をあてて柔らかく口元を緩めた。

『おお、お前が噂の鬼ですか？　夏樹少年に色々聞いているのです、よろしく頼みます』

　つまり今回は、口裂け女や赤マントの件とは毛色が違う。

　これはトイレの花子さんの事件であるのは間違いない。

　ただし何故か知らないが、肝心の花子さんは機嫌よさそうに夏樹の隣で微笑んでいた。

◇

　話は一週間ほど前、赤マント事件の前に遡る。

「ねえねえ、聞いた？　C棟の三階でトイレの花子さんが出たって！」

　夏樹が戻川高校に入学してまだ一か月も経たないうちに、クラスの女子がそんなことを騒ぎ出した。

「だってさ、なっき。なんか懐かしいね。うちの小学校にもあったなぁ」

「ああ、どこにもあるんだな、こういう話」

学校の怪談系都市伝説の中でも、あまりにポピュラーすぎる女の子の幽霊だが、夏樹にとってはこの程度の怪異は今さらすぎる。

根来音久美子や妹の里香。中学の頃は口裂け女と出会ったこともある。彼は昔からオカルトな事件に何かと縁があった。彼を驚かせるにはトイレの花子さんではちと外連《けれん》が足らないし、久美子にとっても騒ぎ立てるほど珍しい話ではない。

「そういえば、花子さんって恋人いるんだよね。太郎くんだっけ？　むむ、花子さんに負けるとは」

「そこ、勝ち負けで考えるところか？」

「ええ、でも花の女子高生だし、もうちょっと色めいた感じがあってもいいと思うんだけど」

花子さんの噂で教室のざわめきは少しだけ大きくなり、しかし久美子はそんなものどこ吹く風。雑談をしながら、しゃなりと微笑んで見せる。似合っているのが若干癪《しゃく》だった。

「そこは、分からないでもないな」

「でしょ。もう少し高校生活は、華やかであって欲しいよね」

我関せずと昼飯を食べていたが、クラスメイトがこちらにも話を持ってくる。どうやら単なる噂だけではなく、目撃譚《たん》が出ているらしい。一人だけならともかく多数が女子トイレで怪奇現象に見舞われて、明確に見たという者まで出てきていた。

夏樹は「そうなんだ、怖いな」とだけ返す。

いくつになっても学校の怪談はいい話題のタネ。しばらくは、トイレの花子さんで盛り上がるのだろう。

「なっきは冷静だね」

「ぶっちゃけ女子トイレに出る幽霊って、俺にはあんまり関係ないだろ。部活とかやる気ないから放課後残る用事もないし」

「それもそっか」

「でも、ま、みこも三階のトイレはあんまり使わないようにな」

「うん、分かってるって」

噂になったなら、何かがいるのは間違いない。わざわざ首を突っ込むような真似をして、面倒ごとになるのはごめんだった。


しかし夏樹たちは、妙なところからこの件に関わりを持ってしまうことになる。

久美子の容姿は優れている。整った目鼻立ちに、ふんわりと軽い柔らかい髪。派手さはないが、世にいうアイドルとは趣の違う、「クラスの可愛い女の子」といった印象だ。いつも傍にいる夏樹に対して、男子生徒が嫉妬めいた視線を向けるくらいには人気も高い。

「みこ、帰ろうぜ」

「おっけ。そうだ、今日なっきの家行っていい？」

「おう、勿論《もちろん》」

同じクラスの男子はともかく、他のクラスで関係の薄い奴らは無遠慮だ。久美子の容姿を褒めるのと同時に、夏樹に対して好意的でない視線を向ける者もいる。おおかた彼女に比べて地味だとか、何故あんな男子が隣にいるのかとか、陰口でも叩いているのだろう。実際、その手の噂を聞いたことがある。

周囲の様子に気付いているのかいないのか、こてんと久美子は小首を傾《かし》げる。その様子を素直に可愛いと思うから、余計な雑音に耳を傾けない。噂に左右されて距離を置くような真似はしたくなかった。

やっかみの類にも今では慣れ、あまり気にせず廊下を歩いていたのだが、いつもとなにか雰囲気が違う。何故か男子たちが、にたにたと笑いながら久美子を見ている。

「どしたの？」

「いやあ、なんか変だな。と、わわっ？」

考えながら歩いていたせいか前方への注意が疎《おろそ》かになり、どんっと強い衝撃が走った。

他のクラスの男子とぶつかって、カバンやらなにやら荷物が落ちる。

「わ、悪い！」

「もう、なにやってるの、なっき。大丈夫？」

ぶつかられた男子は尻餅をつき、カバンの中身をぶちまけてしまっていた。

これは申しわけないことをした。慌てて相手の荷物を拾おうと手を伸ばし、二人はそこで固まった。

廊下には、男子のカバンの中身が広がっている。教科書や筆箱、あとは数枚の女の子の写真。

そこに写っているのは、久美子の体操着姿だった。

「え、これ……」

「っ⁉」

拾い上げた久美子の手から写真をひったくり、件の彼は荷物を手早く集めて逃げ出す。

写真の目線は、カメラの方に向いていなかった。明らかに盗撮写真だ。反応したのは久美子の方が早かった。

「ちょっと、待って⁉」

逃げた男子を捕まえようとすぐさま駆ける。

自分の写真を名も知らない男が持っていた。気分は悪いと思うが、いきなり行動に出るのは危ないだろう。もしものことがあったら、どうするつもりだ。

逃げる男子は、校舎の階段を一気に駆け上がる。放っておくこともできず、夏樹も久美子の後を追いかけた。

久美子は息も乱していないが、普段運動していない身には急な疾走はなかなか辛い。夏樹は荒い呼吸で、なんとか二人についていく。

けれど、少しずつ男子との距離は広がり始める。

やばい、このままでは逃げられる。

そこで視界の先を走って逃げる男子が、つるり、と何かに足を取られてすっ転んだ。

「へっ？」

いきなりすぎて、思わず間抜けな声を漏らしてしまう。久美子も驚いて目をまん丸くしていた。

相手は転んだ衝撃で気絶してしまい、とりあえず動きが止まった。二人はスピードを緩めて男子のところまで行くと、カバンから数枚の写真を取り上げた。

「うわぁ、こんなにいっぱい、いつの間に？　なんか、気持ち悪いなぁ」

久美子があからさまに嫌そうな顔をしている。制服姿に体操着、あとは着替え中の姿。他の女子の写真も何枚かあった。カバンの中にまだ残ってないかしっかりと確認して、それらをすべてびりびりと破く。

「っていうか、なんで廊下がびしょびしょなんだ？」

男子が転んだ理由は、廊下が水浸しになっていて足が滑ったせいらしい。しかし、濡れているのはそこだけ。あまりに不自然だ。奇妙に思って周囲を見回すと、ひらり、赤いスカートが揺れた。

『いくらわたしの宝とはいえ、女の子を傷付けるのは男の子としてダメなのです』

軽やかな靴音を響かせて廊下に現れたのは、小学生くらいの女の子だった。

白いワイシャツと赤い吊りスカート。黒く艶やかな髪のおかっぱ頭の女の子は、唇に軽く指をあてて柔らかく微笑んでいる。

『あなたたちも、廊下を走ってはいけないのです。危ないですから。今日は見逃しますけど、普段なら怒りますよ』

穏やかに窘《たしな》めるような物言いだ。

時刻は、もう午後四時を回っている。ここは三階。

ああ、そうか。夏樹は状況を理解した。

『でも、この子は探していた子ではなかったです。やっぱり、そう上手くはいきませんねえ……って、あれ？』

とりあえず、何やら喋《しゃべ》っている女の子を抱え上げる。

軽い。体力のない夏樹でも十分持ち上がるので、しっかりと横抱きにする。

不思議そうにしている少女をよそに、久美子へ一言。

「みこ、『トイレの花子さん』捕まえたー」

『あなたは、なにを言ってるのですか⁉』

パターンと言えばパターンだが、早速トイレの花子さんと遭遇してしまった。


『まったく、みだりに女子に手を触れるなんて、とてもよろしくないことです』

放課後の空き教室。怒るトイレの花子さんの前で、夏樹は正座させられていた。乱雑な扱いがお気に召さなかったご様子だ。

反省して深々と頭を下げる。久美子も一緒に正座して謝ってくれた。

「なあ、みこ。別に、お前は正座しなくていいんじゃね？」

「でも、花子さん怒らせたらダメじゃない？　結構怖い話多いし」

「そこら辺は、大丈夫だと思うけど」

実際、すっ転んだ男子生徒も気を失っただけ。特に怪我はなさそうだが、それでも夏樹らに保健の先生を呼ぶよう指示したところからしても、花子さんは安易に人を害するような都市伝説ではないと思う。

夏樹は改めて花子さんに向き合い、もう一度しっかり謝罪する。

「でも、すみませんでした。確かに考えが足りなかった。あと、デリカシーも」

『反省したのなら、いいのです。水に流すのですよ、花子さんだけに』

「ありがとう。ところで花子さんちゃんは」

『言いにくくありません？　そこは親しみを込めて、花子さんで構いません』

「ああ、やっぱり『花子さん』で呼び捨て扱いなんだ」

彼女が最近噂の少女の怪異に間違いなく、かといって別に危険そうな印象もない。

となると、その目的が気になってくる。

「最近、うちの学校でよく花子さんを見るって話なんだけどさ。しかもトイレ以外で。そうやって頻繁に姿を現すのって、なんか理由でもあるのか？」

『もちろんです！』

花子さんは、ぐっと両の拳を握り締める。

『先程の写真を見たでしょう？　実は今、ああやって女の子たちの盗撮写真を売っている人たちがいます。悲しいことに、この学校の生徒に』

事実なら胸糞が悪い。久美子の写真も出回っているのだろう。許せないという気持ちは、夏樹も同じだった。

「じゃあ、花子さんは」

『学校の生徒たちは、わたしの宝。愛しい子供たち。でも、女の子の嫌がることをする男の子は、叱ってあげないといけないのです。だから探しています』

なるほど、これが噂の真相か。空恐ろしい声で『どこに……いるの……』と誰かを探しているというトイレの花子さん。彼女は、女子生徒を守るためにトイレを抜け出し、盗撮犯を探して徘徊《はいかい》していたのだ。

「ええっと、犯人を捕まえて警察に突き出すってこと？」

久美子が問うと、少女の怪異はゆっくりと首を横に振った。

『もちろん、叱っても変わってくれないならそうなります。でも、更生して欲しい。悪いことをしたとしても、わたしの愛しい生徒たちには変わりないのですから』

「花子さん……」

『守るべきは、まず被害者。そこはわたしも譲りません。けれどダメなことはダメと教えて、できるなら大きな騒ぎにはしたくはないのです。あなたは納得できないかもしれないですが、わたしはみんな守ってあげたい』

切なげな吐息に少し胸が締め付けられる。その優しさは、多分上手くはいかないと思う。女の子を盗撮するような人間が反省するとは考えにくいし、優しくすればつけあがるのが悪いヤツというものだ。

指摘はしない。きっと、少し寂しそうに微笑む花子さんこそが、一番よく分かっているだろうから。

「そっか。……うん、大丈夫！　花子さん、私にも協力させて！」

久美子も感じ入るものがあったのだろう。一瞬過った陰鬱さを吹き飛ばすように、底抜けに明るい笑顔で助力を申し出る。

『仕方ありません。危なくなったら逃げるというのを約束してくれるのなら、構わないのですよ』

トイレの花子さんは、本当に嬉しそうだった。

だからこの幼馴染の選択は、正しかったのだろうと思えた。

「ところで、ちょっとくらい仕返しはしてもいいよね？」

『当然なのです。ケツの穴にカマドウマ突っ込む程度なら許されるはずです』

やはり彼女も怪異だ。何かとても恐ろしい報復を考えていた。

『では、二人とも、頑張りましょう』

夏樹と久美子はトイレの花子さんに協力し、翌日から盗撮犯探しに乗り出した。

そこまではよかったのだが、二人とも怪異に多少の縁こそあれど特殊な力を持っているわけでもないし、こういった調査に慣れているわけでもない。とりあえず手分けをして放課後残っている生徒に聞き込みを始めたが、下校の時間になってもまるで情報は得られなかった。

「ごめん、全然ダメだった。一応、男子に聞いたんだけど、写真のこと全然教えてくんなかった」

『いえ、貴女《あなた》は頑張ってくれたのですよ』

考えてみれば、女子に「盗撮写真について教えて」なんて言われて口を滑らせるヤツはあまりいない。知らなければ答えようがないし、知っていたら余計に黙るのが当然だ。

「なっきの方は？」

「一応、クラスの友達に聞いてみたんだけどさ、女子の盗撮写真が出回ってるって噂はあるんだけど、現物とか誰から買えばいいのかとかは全然。そもそも、そいつも話を聞いただけって感じだった」

「そっか」

夏樹の方も状況は芳しくない。

情報集めは難航しているが、その一因はトイレの花子さんにもあった。彼女は夏樹に憑《つ》いているのだが、どうも一般の生徒にもその姿が見えているようなのだ。都市伝説の中でも目撃例が多い怪人としての特性なのかもしれない。そのせいとは言いたくないが、小学生くらいの少女を連れていることで周囲の目が痛い。

『少年、大丈夫ですか？　顔色がよろしくないのです』

そんな様子に気付いた花子さんは、夏樹の服の袖をひっぱり、前屈みになったところでそっと優しく額に手を当ててくれた。

純粋に心配してくれているのだろうが、子供扱いはあまり嬉しくなかった。

「……ちょっと視線が気になるだけ。熱はないし体調もいいから、そんな心配しなくても大丈夫」

「花子さんがいれば、そうもなるよね」

久美子は理解してくれたようだが、肝心の本人は不思議そうな顔をしている。

もちろん周囲は、この小さな女の子がトイレの花子さんだなんて想像もしていない。幽霊のように透けているとか、分かりやすい怪異としての特徴があるわけでもなし。ぱっと見は、本当にただの少女だ。だからこそ視線を集めてしまうのだが、文句を言っても仕方がないだろう。

『わたし、なのですか?』

「ああ、いやなんでもない。よし、気持ちを入れ替えてしっかり犯人探しをしようか」

「でも、正直手詰まりじゃない?」

「そうなんだよなぁ」

聞いて回ったが何も得られず、だからといって打開策もまるで浮かばない。所詮《しょせん》は素人。盗撮犯探しは、中々に難題だ。自分たちだけではどうにもならないし、ここは大人の助けを借りた方がいいのかもしれない。しかし、学校が色々と不祥事を起こす昨今、教師陣はあんまり期待できない……とそこまで考えて、ふと思い出す。

入学してまだ一か月で頼れる教師などはまだいない。ただ新しいクラスメイトには、親身になってくれる大人が、しかも厄介ごとの専門家はいるではないか。

「なっき、なにかいい案でも浮かんだの？」

雰囲気の変化を感じ取った久美子の問いかけに、力強く頷いた。

「ああ。やっぱりここは、本職を頼ろうと思ってさ」

◇

「と、いうわけで。盗撮犯探しを手伝って欲しいんだ」

説明を聞き終えた甚夜は、思わず渋い顔になってしまった。

確かに甚夜は、あやかし関連の事件を請け負っている。一時期はそれで生活を支えていたのだから、本職というのも間違いではない。ただ、都市伝説が起こす事件はいくらか経験していても、都市伝説自身の依頼はさすがに初めてである。

それ以上に頭が痛いのは、相変わらずすぎる夏樹の怪異に対する適性だ。昔から都市伝説に好かれる性質ではあったが、よもやここまでとは。

「あー、なんだ。夏樹」

「うん、分かってる。分かってるから、何も言わないでいてくれると嬉しい」

なんでか俺に寄ってくる都市伝説って、こんなのばっかりなんだよ。

表情を見るだけで胸中は簡単に読み取れたが、その辺り本人も複雑な心境らしいので追及はしない。代わりに廊下の床に片膝をつき、トイレの花子さんと目線を合わせる。

「私は葛野甚夜。一応、夏樹とは古くからの知り合いだ。君は、トイレの花子さんでいいのかな？」

『わざわざ目の高さを合わせるとは、なかなかに悪くない態度。私はトイレの花子さん、親しみを込めて「花子さん」と呼ぶがいいのです』

何ともノリの軽い少女だ。人と同じく怪異も千差万別、悪意を撒き散らすヤツがいれば比較的穏やかな者もいる。ならば時には勝ち誇った顔でびしりとポーズを決める都市伝説がいても、不思議ではないのだろう。

「では、花子さん。これは君からの依頼ということだが」

『はい、間違いありません。少年に、お前は非常に頼りになると聞きました。生徒のためにも、どうか力添えを願いたいのです』

先程までの軽妙さは鳴りを潜め、花子さんはしっかりと頭を下げる。真摯な振る舞いは、真実生徒のためを思い動いている証拠。彼女の性質が善良であるのは疑いようもない。

「発案は俺なんだ。今一つ捗《はかど》らなくてさ。できれば、爺ちゃんの手を借りして欲しい」

夏樹もまた真剣な目で助力を請う。

なにかと都市伝説と縁があり、厄介ごとに巻き込まれやすい性質ではある。しかし物の道理をちゃんと弁《わきま》えている、何より優しい子だ。藤堂芳彦、希美子夫妻のひ孫、それでなくとも幼い頃から面倒を見てきた可愛い子供である。甘いという自覚はあるが、「誰かのために」とこの子が願うのならば、助力を惜しむつもりはなかった。

「お前にそう頼まれると弱いな」

「じゃあ」

「こちらとて無関係というわけでもなし。私でよければ手伝おう」

甚夜の返答に、二人の顔が明るくなった。

そこまで喜ばれるような大した男でもない。だが、当てにしてくれているというのならば、期待に応えられるよう最大限努力はしよう。

『おお、本当なのですか！　感謝するのです』

「そいつは解決してからにしてくれ。……しかし、どうにも妙な話になったな」

トイレの花子さんを探るつもりが、トイレの花子さんからの依頼を受ける羽目になった。

不満はないが、なんとも奇妙な方向に事態が転がったものだ。

甚夜は「さっすが、爺ちゃん」と笑う夏樹を横目に、小さく肩を竦《すく》めた。

2

学校にまつわる都市伝説において、「トイレの花子さん」はあまりに有名である。

もっとも内容は場所や時代によって大きく異なるため、これが正しい「トイレの花子さん」であると定義するのは難しい。

有名なところでは、以下のような話だ。

学校の校舎三階の女子トイレにある三番目の個室の扉を三回ノックし、「花子さんいらっしゃいますか?」と尋ねる。すると「はい」と返事が返ってくる。扉を開ければ、赤いスカートのおかっぱ頭の女の子がいてトイレに引きずり込まれてしまった。

話の原型は1950年頃に流布していた「三番目の花子さん」と呼ばれる都市伝説だというが、実際に有名になったのは1980年代~1990年代、いわゆる学校の怪談ブームの頃。

ただし、ブームに乗っかることで日本中に流布したわけではない。当初、子供たちの恐怖の噂だった少女の怪異は映画や漫画、アニメなどになったが、それ以前から各地方で怪談として定着していた。

そのため地域ごとに「ご当地花子さん」とでもいうべき、内容に差異のある「トイレの花子さん」が伝わっている。

・花子さんに「遊びましょ」と呼びかけると「はーい。何して遊ぶ?」と聞かれる。この時、「首絞めごっこ」と答えると、本当に首を絞められて殺される。
・三番目のトイレに入る時には、五回ノックして「花子さん」と三回呼ばなければドアが開かない。
・無理に開けようとすると、金縛りや神隠しに遭う。
・声をかけて三秒以内に逃げないと殺される。
・トイレの三番目の個室から「三番目の花子さん」と声が聞こえ、覗《のぞ》き込むと白い大きな手につかまれトイレの中に引きずり込まれる。
・トイレの花子さんが、消えかけた女子トイレのマークを直している。
・声をかけても謝れば「いいのよ」と返してくれる。
・ノックして呼び出そうとすると、その前に「危ないからやめなさいな」と止めてくれる。
・午後六時過ぎ（黄昏時《たそがれどき》）、あるいは真夜中（丑三《うしみ》つ時）にトイレに入ると花子さんがいる。
・花子さんの正体は三つの頭を持つ体長三メートルの大トカゲで、女の子の声で油断した相手を食べる。

トイレの花子さんは学校の怪談系都市伝説の代表格であり、対応を誤れば殺されてしまうが、意外にも危害を加えない場合も少なくない。

霊になった経緯は複数存在し、「三番目のトイレで殺された」が広く認知されている。中でも元ネタとして有力視されるのが、昭和十二年（１９３７年）に岩手県で起こった一家無理心中事件。通称「遠野事件」である。

夫婦に子供三人の家族が、岩手県の遠野に住んでいた。夫は女癖が悪く、浮気相手と旅行に出かけてしまう。それに嫉妬した妻は一家心中を図り、子供たちを次々と殺していった。その際に、当時小学生だった長女の「いく子ちゃん」だけが何とか家から逃げ出し、学校の体育館裏にあった共同トイレに隠れていた。

だが当然、母親は殺しに来る。

『すみません、うちの娘を知りませんか』

嫉妬に狂ったが、彼女はいく子の母親。娘を捜しに来たとして何の不思議もない。だから事情を知らない用務員は、居場所を簡単に教えてしまう。

『いく子ちゃんなら、トイレの個室、奥から三番目にいますよ』

こうしていく子は、首を絞められて殺されてしまった。

幽霊になっても、彼女はまだ母親から逃げている。トイレの三番目の個室に、じっと閉じこもっているのだ。

このいく子がモデルとなり、三番目の個室に現れる少女の怪異が生まれた。

「トイレのいく子さん」にならなかったのは、「トイレの花子さん」の方が分かりやすかったから。昔は男女の名前の例として使われるのは、男は「太郎」で女は「花子」が一般的だった。女の子の名として「花子」は通りがよく一番覚えやすい名前でもあったので、いつしかトイレに出る女の子の幽霊は「花子」と名付けられて広まった、と言われている。

ただし、「なぜ花子さんと呼ばれるか？」という点において、この説は少しおかしい。というのも、そもそもこの怪異が「花子さん」と呼ばれ始めた時期と、「花子」という名前が定着した時期は微妙にずれている。

遠野事件が起こったのは、昭和十二年（１９３７年）。一方、保険会社の調べによると、まさ子、かな子、花子などいわゆる「子型」と呼ばれる名前が流行のピークを迎えたのは、第二次世界大戦前後（１９３９年〜１９４５年）だ。遠野事件前後に流布していたならば、既に定着しきったありきたりな女性名という意味では、「トイレのお花ちゃん」になるはずだ。

ならば「花子」という名称は、女性名以外の意味を持っていると考えるべきだろう。

その辺りの答えを、多くの民俗学者は古い民間信仰、「厠神信仰《かわやがみ》」に求めている。「トイレの花子さん」は実在の事件の都市伝説化ではなく、古来より存在する厠神が変化した存在とする説である。

厠神は読んで字の如《ごと》く「トイレの神様」だ。日本では江戸時代から昭和初期にかけて厠神の信仰が盛んで、赤や白の女子の人形や美しい花飾りを便所に供えて、厠神を祀《まつ》っていた。

厠神信仰とは、「厠には女神さまがおられ、妊婦が便所を綺麗にすると美しい子が生まれる」というもの。逆に、便所を汚くしていると子供は醜くなるという考え方は、日本各地に存在している。また東日本には「雪隠《せっちん》参り」といって、「子が生まれて七日後に、産婆が赤子を抱いて厠にお参りする」という風習がある。これもやはり子供が美人に育ち、しっかりした性格になるという。

腹の中に溜まったものを出すという観点において、民俗学的には出産と排泄は極めて近い性質を持っている。そのためトイレの女神さまは、出産の神様でもあった。厠神は美しい髪を垂れたお姫様とされ、この古くより厠＝トイレに住まう女神こそが「トイレの花子さん」。花子という名前は、厠神を祀る際、穢《けが》れを浄化するための〝花〟と〝子供の人形〟を飾ったところから。つまりトイレの花子さんは「花子」という名前なのではなく、「花と子」の女神さまなのである。

さらに言及すると、厠神は主に出産にまつわる神であり、同時にかまどの神とも深い繋がりがあるとされる。古い時代、便所と台所は密接な関係にあった。日本では、人糞は農作物を育てるための大切な肥料だったからだ。

厠神信仰では「女性が便所を綺麗にする」ことを重要視する。これを「トイレのように汚い場所を女性に掃除させる習慣など男尊女卑だ！　歴史的悪癖だ！」とする意見もあるが、それは本質からかけ離れている。そもそも水洗トイレがなかった頃、溜まった糞尿は富に繋がる大切なものだった。
一、厠神信仰により、女性は便所を綺麗に掃除する。
二、男性は鍬《くわ》を振るい畑を耕し、便所の糞尿を農作業に利用。
三、結果作物が育ち、たくさんの農作物を収穫する。
四、取れた農作物は、かまどで調理されて食物になる。
五、食事をして厠で排泄を行う。

六、一に戻る。
古い時代には、このようなサイクルが確立されていた。厠神信仰において、トイレ掃除から始まる一連の流れは男女で行う重要な儀式なのだ。

厠神がかまどの神と一対の存在とされるのも、この辺りに理由がある。彼女は出産や安産の神であると同時に、人糞が肥料となり農作物を育てることから、富を生み出し福をもたらす神でもあった。

もう一つ重要なのは、厠は福をもたらしてくれる神がおわす場所として尊ばれていた反面、災いが起こる恐ろしい場所ともされていた点だろう。神域であるにもかかわらず、厠には多くの怪異が出現する。河童や鬼、鬼婆などの魑魅魍魎《ちみもうりょう》が厠で人を襲うという話は各地に多く存在している。

厠神は、これらを抑える神という側面もあった。同時に日本では、神は正しく祀らないと祟り神になるとも考えられた。神聖でありながら恐ろしくもある厠、そこに住まう神が祟り神にならぬよう手厚く祀り、怪異や神罰を退ける。これが厠神信仰の根底にある思想だ。

ただし、こうした在り方は、社会が発展して農作業に従事する男性が減ることで廃れていく。先に語ったサイクルの二〜三が重要視されなくなり、「厠の神が福をもたらす」という考え方そのものが揺らいでしまったのだ。そうなれば当然神への畏敬も薄れ、厠の神域としての特性は失われていく。

するとどうなるか。

厠がトイレと呼ばれるようになる頃、トイレは厠神の住む場所ではなくなった。神聖さを失い負の側面だけが肥大化し、怪異の出没する怪奇スポットとなった。このような経緯でトイレの女神さまは神性を奪い取られ、危険なあやかしとしての特性を獲得してしまった。

これがトイレの花子さんの原型である。

もともと彼女は自身の領域を守り、人々に幸福をもたらす心優しい女神だった。しかし当の人間に神性をはぎ取られ、人に危害を加える場合も人を助ける場合もある都市伝説として扱われるようになったのだ。

◇

「ねえねえ、トイレの花子さんの噂聞いた？」

「知ってる知ってる。C棟のでしょ？」

「えっ、私、A棟に出たって聞いたけど」

「俺も知ってる。同じ部活のヤツが、なんか唸り声みたいの聞いたってよ」

「ほんと!?　もっと詳しく教えてもらっていい？」

「お、いいぜ」

「ありがとう！　あっ、そうだ。お礼ってわけじゃないけど、これ食べて。新発売のチョコなんだー」

甚夜がトイレの花子さんに関しての調査を始めると、姫川みやかと梓屋薫も協力してくれた。

表立って動くのは主に薫だ。高校に入学してまだ一か月。だというのにクラス内外の男女を問わず交流を持ち、容易《たやす》く話を聞き出していく。不愛想な甚夜には、到底真似できないものだ。

「二人とも、ただいま。色々聞けたよ」

「お疲れ様。……薫って、すごいね」

「へ、なにが?」

薫の広い交友範囲に、みやかが尊敬の念を送っている。

甚夜も素直に感心していた。

二人が協力的なのは、「以前、赤マントや口裂け女の事件で世話になったし、少しでも力になりたいから」だという。そういった心根のまっすぐさも含めて、いい子たちだと思う。

「とりあえず、順番にいくね」

薫が聞いてきた情報を指折り数えて話し始めた。
・午後四時の三階の女子トイレ、三番目の個室からおかっぱの女の子が出てきた。
・放課後の廊下で小さな女の子を見た。
・「どこに…いるの……」と誰かを探している。
・トイレで奇妙な呻き声を聞いた。
・C棟だけでなく、色々な場所で目撃例がある。
・廊下が水浸しになっていた。
・トイレの中から出てきた幽霊に男子生徒が襲われた。

嘘か真かは分からないが、現在戻川高校で流れているトイレの花子さんの噂には、様々なものがあった。怪談としてはよくある内容だが、実際に花子さんを見た後では違和感もある。

「これくらいかな。男子生徒が襲われたって噂もあるみたいだよ。ほんとかな？」

話を聞き終えて、みやかが首を傾げる。

「どうだろう。もし校内で大怪我したなら、都市伝説とは別に先生たちから注意喚起の連絡が全校生徒にあってもいいとも思うけど。それより、なんで男子？」

トイレで大怪我をしたり、あるいは誰かが死んだのならば、もっと騒ぎになってもおかしくない。教師陣だってオカルト関係の噂は無視しても、生徒たちに「〇〇くんが怪我をした。皆も気をつけるように」といったお達しを出すはずだ。

しかし戻川高校のトイレの花子さんは、あくまで噂の域を出ない。現状、怪異による被害はほとんど出ていなかった。

「これくらいで大丈夫？　難しいことは分からないから、後は任せちゃうけど」

「ああ。朝が……梓屋。ありがとう、手間をかけたな」

「それはいいんだけど、名前……」

「すまない、つい」

つい「朝顔」と呼びそうになったせいで、薫が頬を膨らませて不満そうにしている。

失礼だったと頭を下げる。どうにもこの少女には弱かった。

◇

「写真部の二年、相沢剛《あいざわつよし》……」

放課後。夏樹たちは、甚夜から今回の盗撮犯らしき人物について教えられた。

「確かに、なっきが頼りになるって言ってたけど、解決早すぎない？」

『まったくなのです。あてずっぽうで言ってないですか？』

昨日、ほとんど情報を得られなかったため、今日改めて頑張ろうと気合いを入れていた久美子は、肩透かしを食らったような顔をしている。トイレの花子さんも、今一つ信用しきれていない様子だった。

「さすがに引き受けておいて、そこまで雑な仕事はしないさ。今回は、朝顔に感謝だな」

肝心の本職が、平然と言ってのける。

一日足らずで事態が変わり女性陣は戸惑っているが、そこは付き合いの長さ。夏樹は甚夜の過去を知っているため、多少突飛でも疑いはせず素直に現状を受け入れていた。ただし、胸中は決して穏やかではない。

「爺ちゃんが言うなら間違いないだろ。早く行こうぜ」

「ねえ、なっき。なんか微妙に機嫌悪い？」

「そんなことは……まあ、あるけど」

内心をわずかな語調の変化だけで察したらしく、久美子が気遣わしそうに顔を覗き込んでくる。

苛立ちの理由は、もちろん犯人のせいだ。相沢剛なる男子生徒については、二人に話す前に聞かせてもらっていた。正直、同じ男として腹立たしい。会ったら、一発ぶん殴ってやりたいくらいだった。

「とりあえず移動するが、構わないか?」

『待つのです。どこへいくのですか?』

「三階トイレの三番目の個室だ。ただしC棟ではなく、他の棟の。まあ、詳しい話は、実際にモノが出てからにしよう」

甚夜に促されて、ほとんど説明もないままに一行は三階の女子トイレへ向かった。ただしC棟、実際に花子さんがいた場所を除いてである。

犯人についてある程度は聞いていた夏樹も、疑問符を浮かべる。しかし他に頼れる者もいないし、説明をするつもりはあるらしいので甚夜の指示に従う。

そうしてA棟を調べ、次のB棟のトイレで夏樹たちは一連の行動の意味をようやく理解した。

『おお、確かに言った通りあったのです』

女子トイレの中に男が入るわけにもいかない。甚夜は花子さんに粗方の内容を伝え、三番目の個室を調べてもらった。結果はB棟で当たり。トイレから、夏樹を不機嫌にさせているものが出てきた。

『これ、なんですか?』

トイレの主である花子さんは、よく分かっていないようだ。それも仕方ない、あやかしに機械関係まで把握しろというのは酷だろう。夏樹が、花子さんが持ってきたものについて忌々《いまいま》しくも説明する。

「……カメラだよ、盗撮用の」

体操着の写真程度ではない。犯人は、トイレでの盗撮までしていたのだ。同じ男として軽蔑するし、幼馴染の久美子が犠牲になっていたかと思うと心底胸糞悪かった。

「ほっとしたよ。ここまで来て予測が外れていたら、みっともないからな」

『お前、さっきから意味不明なのです』

「そうだよ。もうちょっと、こっちにも分かりやすく説明を」

甚夜は一人で納得しているが、やはり事態をうまく呑み込めない。不機嫌そうに詰め寄る久美子と花子さんに、甚夜は平坦な調子で説明をしだした。

「トイレの花子さんの噂について知っているか？」

「え？　そりゃ、もちろん。っていうか今隣にいるし、クラスでも結構騒いでるよね。私もなっきも、そういうの今さらって感じであれだけど」

「いくつか梓屋が話を聞いてきてくれたんだが、今回はどうやら男子生徒が襲われたらしい」

甚夜の視線を受けて、トイレの花子さんがぷるぷると何度も首を横に振る。

『襲っていません。生徒はわたしの宝、そんな真似は絶対にしないのです。ちょっと足を滑らせてやる、くらいはしましたが』

「いや、噂はそれとは別口だろう。君が人を襲うなど考えてはいない。だからこそ、花子さんのいたC棟ではなく、別の棟のトイレに男子生徒が出入りしていると思った」

　廊下や教室、男子トイレで何かがあっても「トイレの花子さんに襲われた」とはならない。つまり件の男子生徒は、最低でも女子トイレに出入りして、なおかつ何かに襲われたと思われる状況に陥っていた。普通に考えて、男子が女子トイレで何かに遭遇するというのはいかにも不自然。いるはずのない場所にいるならば、出入りする理由が必要になってくる。

「で、盗撮犯の話に戻る」

「あ、分かった！　つまりトイレの花子さんに襲われた男子って、盗撮のために女子トイレに何度も入ってたんだ！」

「そういうことだ。おそらくはカメラを仕掛け、回収に入り、そこで何かが起こった。病気で倒れたのかとも思ったが、梓屋が『男子がトイレの花子さんに襲われた』という噂を持ってきてくれたからな。件の男子生徒に降りかかったのは、多少奇妙な出来事ではあったのだろう。そして噂になった以上、ある程度の目撃談はあってしかるべき」

　そこまで分かれば、後はしらみつぶしで片が付く。事が事だけに時間帯は放課後以降、場所はC棟以外の三階女子トイレ。学校に残っていた人物。その上でなにやら様子のおかしい男子、しかも変化が噂の流れ始めたごく最近に限定される。

　諸々の条件にぴったりと当てはまったのが、相沢剛という二年生だったらしい。

「爺ちゃん、ありがとと。助かったよ」

　夏樹が礼を言うと、甚夜は小さく首を横に振る。

「いや。あくまで推論に推論を重ねただけで確証はなかった。理屈よりも勘がほとんどだしな。だが、こうやってカメラが出てきたことで多少なりとも仮説の信頼性は上がった。後は、本人に会って真実かどうか確かめるとしよう」

「じゃあ、その変態はどこのクラス？」

「ここ数日、学校を休んでいるそうだ。連絡の内容では、怯えるように部屋に閉じこもっているとか」

「それ、もう確定じゃないか？」

「ああ、そうだな。そして、おそらくは……」

トイレにカメラを仕掛けた人物と盗撮犯が、別人である可能性もなくはない。ただ十中八九、どちらも相沢某。さらに言えば、トイレの花子さんに襲われたというのも彼だろう。

とするならば、もう一つの事実が浮き彫りになる。

こうやって花子さんと同道し、その気質に触れた今、彼女が人に危害を加えるのだとは到底思えない。しかし事実として、相沢某はトイレで何らかの怪異に遭遇した。

「つまりこの高校には、トイレの花子さんが二人いる」

3

「葛野くん、大丈夫？」

昼休み、隣の席の薫が気遣うように声をかけてきた。

ここ数日、甚夜は休み時間や放課後、教室にいないことが多い。それをトイレの花子さん絡みだと考えたのだろう。もともと今回の噂を持ってきたのは彼女だ。少なからず責任を感じているのかもしれない。

「最近なんか忙しそう」

「うん、そうだね。……トイレの花子さん？」

みやかの方も気にしていたようで、薫に遅れてこちらの様子を窺《うかが》う。赤マントの一件のおかげか、年齢の割に落ち着いた彼女もいくらか気を許してくれているようだ。

「ああ、そんなところだ」

実際には盗撮犯探しだが、トイレの花子さん絡みであるのには間違いない。ただ、話題にあげるのは都市伝説以上に躊躇われる。年頃の娘たちに「破廉恥な男が君たちを盗み撮りしている」とは言い辛かった。

「どうやら生徒に危害を加える都市伝説がいるのは、確かのようだ。今のところ、C棟以外の三階女子トイレが怪しいな」

「怪しいって言い方だと、まだ実際に確認できたわけじゃない？」

「残念ながら。まだ不明瞭な点も多い。ただ、さして強力なものでもなさそうだからな。手間はかかれど、厄介という程でもない」

適当に誤魔化すと好奇心の強い薫が余計首を突っ込んできそうなので、問題ない程度に話しておく。

みやかは思慮深く慎重だ。危険が残っていると伝えておけばストッパーになってくれるだろう。

そう期待しつつ、二言三言交わしてから甚夜は教室を出た。

◇

トイレの花子さんの原型を厠神に求める場合、都市伝説としての花子さんには面白い特徴が見えてくる。

前述した通り、日本には厠神信仰がある。厠＝トイレは神域であると同時に、災いをもたらす恐ろしい場所でもあった。そして神を祀るという特性上、当然ながらタブーというものが存在する。

神様を怒らせると災いが起こる。これは日本に根付いた考え方であり、厠においても「〇〇すると神様を怒らせてしまう」行動が設定されている。それが厠神信仰における「トイレを不潔なままにしてはいけない」というもので、他にも様々なタブーが存在している。
・トイレにいる人を覗かない。

・トイレにいる人を呼ばない。
・逢魔《おうま》が時や丑三つ時に便所に行ってはならない。
などなど。これらの禁を犯すと厠神は怒り、その加護を失ってしまう。

結果、トイレから出てきた人が鬼になってしまった。精神がおかしくなった。病気になったり怪我をした。ストレートに死ぬなどの、様々な祟りが各地の説話で語られている。

ところで、この厠神信仰におけるタブーであるが、
・トイレにいる人を覗かない＝無理矢理トイレの扉を開けると花子さんがいる。
・トイレにいる人を呼ばない＝花子さんを呼ぶとトイレに引きずり込まれる。
・逢魔が時や丑三つ時に便所に行ってはならない＝午後六時、あるいは真夜中にトイレへ行くと花子さんに会う。
このように災いの起こるケースが、都市伝説「トイレの花子さん」で危険な目に遭う場合と共通している。実は、一般に「トイレの花子さんを呼び出す方法」とされている行動は、「厠神を祟り神に変える方法」と一致しているのだ。

神を怒らせその加護を失えば、怪異の出没場所である厠で怪異に出会うのは至極当然の流れ。つまり、トイレの花子さんを呼び出す行為は「花子さんを怒らせ祟り神に変える」、もしくは「花子さん以外の怪異を呼び込んでしまう」ことにも繋がってしまう。

これは、普段の花子さんはそれほど危険でないという証明でもある。

実際、花子さんの怪談の中には、

・声をかけても謝れば「いいのよ」と返してくれる。
・ノックして呼び出そうとすると、その前に「危ないからやめなさいな」と止めてくれる。
というタブーを犯しても許してくれる、あるいはタブーを犯す前に止めてくれるエピソードがある。

彼女の本来の性質は、厠神と似ている。タブーを犯さない限り、トイレの花子さんは他の怪異を退けてくれる守り神的な存在と言えるだろう。

◇

『つまりデータでの売買はしておらず、校内に出回っているのは本当に写真だけ、ということですか』

「うん。アナログだけど、写真部だからかな……あれ、花子さんってパソコンとか分かるの？」

『学校はわたしの領域。そこにあるものなら、わたしの理解の及ばないものなんてないのです』

久美子と花子さんは、集まった情報を確認して議論を交わしている。

盗撮犯の当たりをつけたとはいえ、あくまでそれは推論。その仮説の裏を取りつつ、出回ってしまった写真をどうにかしようと一行は放課後の探索を続けていた。

矢面《やおもて》に立ったのは甚夜だ。方々を聞きまわり、写真を売っている人物を見つけ、無理矢理吐かせた。その行動は迅速かつ荒っぽく、彼曰《いわ》く「適当に二、三人を締め上げた」らしい。

どうやらみやかや薫の写真も出回っていたようで、怒りから物理的に締め上げたようだ。

おかげで思った以上に、情報は早く集まった。盗撮犯は相沢剛で間違いなく、後輩たちに写真を売り捌《さば》かせていたことも分かった。

「ある程度は回収できたが、流れてしまったものまでは無理だな」

『そこは、仕方ないのです。後は』

「ああ。大元だ」

◇

日を改めて、四人は相沢剛の自宅へ向かった。

中学の頃に世話になった先輩で、数日休んでいるので心配だ。そのような御題目で教師に聞けば、簡単に住所を教えてくれた。

訪ねたのは、閑静な住宅街の二階建ての一軒家。インターホンを鳴らせば、母親なのだろう、少し疲れた声の女性が出た。

「すみません、剛さんはおいでになりますか?」

「はい。あの、どちらさまでしょうか……?」

「戻川高校の後輩です。数日休まれていたので、心配になり訪ねさせていただきました」

「それは、ありがとうございます。ですが、息子は今誰にも会いたくないそうで」

「写真とトイレの件で、とお伝えください。どうにかできる目途《めど》が立ったと」

「は、はぁ……」

母親は戸惑った様子だったが、一応は言付けてくれたようだ。

しばらくするとゆっくり玄関の扉が開き、「どうぞ。息子が会うと」と迎え入れてくれた。

夏樹や久美子の顔を覚えられて余計な恨みを買うのは、あまりよろしくない。甚夜はそう言ったが、二人とも「外で待っているだけなのはごめんだ」と頑《かたく》なに拒否した。

元々彼らが持ち込んだ案件だ、蚊帳《かや》の外は確かにおかしい。ただ相手は盗撮犯、万が一のために相対するのは甚夜か花子さんということで納得してもらった。

「剛さんの様子はどうですか？」

「ここ数日、ほとんど部屋から出てこなくて。でもよかったわ、あなたたちには会うみたい」

少しは安心できたからなのか、母親は甚夜たちに感謝し、何気ない雑談の延長で色々と教えてくれた。

聞けば、数日前に学校を休むと言ってから友達が訪ねてきてくれたのは、甚夜たちが初めて。何かに怯えているようだが、生活自体はとても規則正しい。あと、夜ふかしは絶対にしない。例えば、夜はトイレに起きてくることもないそうだ。

それだけで彼の身に何かがあったと想像するのは容易だ。推測は確信に変わっていた。

「どうも、はじめまして。写真部二年、相沢剛くん？」

甚夜が声をかけても反応はない。

案内された部屋は、パソコンや本棚がある程度の整頓された部屋だった。机の上には、一眼レフと諸々の機材が置かれている。多少古くはあるが、その外観から丁寧に扱われているのだと分かった。

今は時代も変わった。デジタル式でも楽に撮れるだろうに、ああいったものに愛着を持つあたり、写真に関しては案外真面目なのか。

「母君から聞いたと思うが、今日は写真とトイレの件で訪ねさせてもらった。会ってくれたのは、身に覚えがあるという認識で構わないな。まあ、否定しても結構。であれば、後者に関しても立ち入らないというだけだ」

ベッドの上で蹲《うずくま》っていた少年は、びくりと肩を震わせた。

語調は穏やかだが、やり口は脅迫と何も変わらない。相沢剛が盗撮犯であるのは確定となった。同時に、彼がB棟三階でトイレの花子さんに襲われたのも。こうやって学校を休み部屋に引きこもっているのは、それが原因。味わった恐怖から逃れるためだろう。

この少年が甚夜らを部屋に迎え入れたのは、「どうにかできる目途が立った」と聞いたから。得体のしれない訪問者が持ってきた解決策に頼るほど、彼は追いつめられていた。甚夜はそれを知ったうえで「黙っているのなら、君に降りかかった怪異は放置する」と言ったのだ。

「あなたが、盗撮していたの？」

犯人に会ったらなじってやろうくらいは、久美子も思っていたのかもしれない。けれどいくら盗撮犯相手とはいえ、憔悴《しょうすい》しきった姿を見せられてあまり強く詰問もできなかったようだ。

おずおずと、少しずつではあるが相沢は口を開く。

「……最初は、風景の中に写り込んだくらいだったんだ」

蹲ったままの呟きは罪悪感か、それとも身に降りかかった恐怖のせいか。盗撮し、さらに売り捌く。悪銭を稼ぐ犯人とは思えないくらい弱々しかった。

「でもそれが、普段俺が撮ってるやつよりもいいって。俺も可愛い女の子を撮りたかったしさ、ちょっとそういうのが増えた。そうしたらもっと欲しいって。金払ってでも俺の写真が欲しいって言ったから……」

求められるままに撮った。だって仕方ないだろう。皆が欲しいというのだ。

自分が撮りたいものと周囲の要望が一致した。被写体を頼めるような女友達はおらず、風景を撮っていたら写り込んだということにして女生徒をカメラに収めた。後輩に売り捌かせたが、金額は二の次。運動部と違って日の目を見ることの少ない文化部。他人に求められるというのは、彼にとって堪《たま》らない快感だった。

「嬉しかったんだよ。俺の写真が認められたような気がして。だけど慣れてきたら皆、飽きたって。いつも同じだって。なら、もっと過激なのを。それで女子トイレに」

そして相沢剛は転げ落ちた。

撮った写真が認められ、買ってでも欲しいと求められた。彼の中でその二つは、同じものになった。購入された分だけ自身が評価されたのだと思い込んだのだ。下卑た欲望を慰めるものとしてしか見られていないと気付きながら、そこからは目を逸らして、もっともっと認めてくれと喚《わめ》き立てて。技術も何も関係ない、女子トイレの盗撮までやった。

「……ひどい。女の子のこと、なんだと思ってるの」

「ああ……きっと、そんなだから、バチが当たったんだ」

B棟三階の女子トイレ、三番目の個室にカメラを仕掛けた。

選んだのではなく適当に。まさか、この年で幼稚な怪談を信じるはずもない。

けれどカメラを回収に行き、そこで遭遇してしまった。

トイレの花子さん。

トイレに引きずり込み人を殺すという都市伝説。

それが彼には、自分のやったことに対する罰だと思えたのだ。

「おれ、殺される。あの化け物に。怖くて……学校行けなくて。もう、どうすれば」

かたかたと震える少年に同情はしない。彼の手前勝手な行動で、嫌な思いをさせられた女生徒だっているのだ。同じ男として、慰めの言葉を吐いてはやれなかった。

「トイレの花子さんは、そんなことしない」

不機嫌そうに口を挟んだのは夏樹だ。

「あんまり勝手言うなよ。お前みたいな最低なヤツだって、許して守ってあげたいって。そういう優しい女の子なんだ」

盗撮にも腹を立てているが、今の怒りは全くの別。守るべきはまず被害者でも、叶うならみんなみんな守ってあげたい。そう言った優しい都市伝説を恐れるなんてあまりに失礼ではないか、と夏樹は真剣に怒っている。

『怒ってます。怒ってますけど、見捨てはしないのです』

夏樹への感謝からか、トイレの花子さんが幼げな容姿には見合わぬ淑《しと》やかな微笑を滲ませた。

『あなたは、確かにダメなことをしました。傷付いた女の子もいっぱいいます。……でも、子供たちはいつだって間違えて、いつだってやり直せるのですよ』

多分、相沢はそれに見惚《みと》れていた。

トイレの花子さんが厠神を原型とするならば、その性質は似通っていると考えるのが自然な発想だ。厠神の有名どころは弁財天と烏枢沙摩《うすさま》明王《みょうおう》、それにやはり土の神格化たるハニヤスヒメ。そして水神であるミズハノメだろう。

ミズハノメは日本の代表的な水の神で、『日本書紀』では罔象女神《みつはのめのかみ》と表記する。この水神は同時に井戸の神、紙すきの神でもあり、和紙作りに深く関わってもいる。彼女を祀る神社の御利益には、水神としての治水以外にも安産や子宝があげられる。

厠神は出産にまつわる神。これを踏まえれば、より影響を与えたのはミズハノメ。都市伝説となってしまったが、トイレの花子さんは本来慈悲に満ちた水の女神なのだ。

『間違いを認めて、ちゃんとした〝正しい〟を身につける。学校に通うって、学ぶって、そういうこと。それができるのなら、やっぱりあなたは大切なわたしの宝なのです』

彼女が浮かべる微笑は、それこそ女神もかくやというものだ。そっと静かに語りかける優しさは、乾いた土に染み渡る水の一滴を思わせた。

「どうだ、相沢剛くん。取引といかないか？」

花子さんに目を奪われていた少年は、甚夜の提案に意識を取り戻した。

こちらは優しいとは程遠い。全くの無表情で、視線だけが鋭く研ぎ澄まされる。

「……え？」

「今後一切盗撮を行わず、後輩たちから写真をすべて回収し、ネガも処分する。そう約束するのなら、君の言う化け物をどうにかしよう」

盗撮をやめるなら助けてやる。

あの化け物を見てしまった今、入学したばかりの一年生の言葉など信じられるものではないだろう。

しかし、彼はゆっくりと頷いていた。

「一応、これで盗撮に関しては解決……でいいのかな？」

相沢家を離れてから、どうにも腑に落ちないのか曖昧に夏樹は呟いた。

「多分、いいんじゃない？　あの感じだったら、二度目はないと思うし」

久美子がそれに答える。

化け物に対する怯えは本物。ならば、甚夜の提案を反故《ほご》にはしないだろう。反省しているようにも見えたし、なにより花子さんに「わたしの宝」と言われた時、相沢の表情はまるで憑き物が落ちたようだった。今さらあの優しさを裏切る真似はしないはずだ。

『そう、信じたいのです。……だから、ごめんなさい。警察に突き出すのは』

「だーいじょうぶ。そこは納得済み」

『ありがとうなのです、ねくねく』

ある意味、被害者に泣き寝入りしろという物言いだ。申しわけないとは思うが、できるだけ穏便に済ませたい。身勝手な考えだが、久美子は納得しているようだった。

「でもさ、許したのは私だけだよ？　皆の代表ってわけじゃないし」

他にも被害者はいるので、その子たちが許すかどうかは別問題だ。そこは花子さんも分かっていたようで、こくりと一つ頷いて『被害者が許さないと言うのなら、それ以上は何も言えません』と静かに答えた。

皆が黙り込んだところで、甚夜は口を開く。

「ここからは私の本業だな」

『トイレの花子さんは二人いる、でしたか。まったく、盗撮にわたし以外の花子さん……次から次へと問題は起こるものですね』

自身のお膝元での無法な振る舞いに、花子さんは分かりやすく怒った顔をしてみせた。しかし、見た目は小学生くらいの女の子。残念ながら迫力が致命的に足りていない。

「学校は君の領域。別種の怪異の侵入を感知、あるいは退けたりはできないのか？」

『感知はともかく、退けるのはちょっと難しいのです。昔ならともかく、今のわたしにはそこまで力はないのですよ』

花子さんのルーツは厠神。しかし女神から都市伝説に変わる過程で、本来持つ特性の大半を喪失した。

『でも、おかしいですね？　何かが入ってきても、普段ならわたしが気付くのです。というか、そもそも「よくないもの」がトイレに入って誰かを襲うなんてできないはずなのですが。あ、お前みたいなタイプは害意がないので「よくないもの」には含まれないのです』

「そいつはありがたいが、にもかかわらず君の知らない何かがいる。例外は？」

『んー、……わたしより力があるか。もしくは、前例がないから微妙なのですが、わたしと〝同質〟であれば、もしかしたら。なるほど、こうして考えてみると二人目の花子さんというのは説得力があるのです』

　花子さんの力を上回るものは防ぎきれない。また、彼女と同じトイレという特定の領域を守る堕ちた女神、同質の存在ならば大手を振って出入りできるかもしれない。

　どちらにせよ厄介そうだが、盗撮を止める条件は、もう一体のトイレの花子さんの討伐だ。いかなる存在かはまだ分からないが、面倒が片付いて分かりやすい構図になった。この手の荒事ならば甚夜が専門だ。

「しっかし、爺ちゃんはちゃっかりしてるよな」

　夏樹は楽しそうに、もにょもにょと口元を緩める。

　なにせ甚夜の本来の目的は、トイレの花子さんの調査。相沢剛の件がなくとも、みやかや薫に危害が及ばぬよう怪異を討つつもりでいた。そこを隠して報酬だけせしめる。交わした取引は、不平等もいいところである。

「どちらにせよ怪異は討つ。なにも騙しているわけではない、ちゃんとした交換条件だよ」

『お前、案外タチ悪いのです』

それで盗撮騒ぎが収まるのだから、文句などあるはずもない。

科白《せりふ》とは裏腹に、トイレの花子さんも、にししと含み笑いを浮かべていた。

◇

『しかし、夏樹少年はいいヤツなのです』

「そうかぁ?」

『私のために怒ってくれたのですから、ありがとうなのですよ』

翌日の昼休み、何故か当然の如く夏樹と久美子はトイレの花子さんと一緒にいた。

さすがに教室で小学生くらいの女の子とお昼ご飯なんて度胸は彼にはなく、今日は中庭で弁当を食べている。

「それを普通にできるのが、なっきのいいところだよね」

『まったくなのです。ところで、どうせなら皆でトイレの個室でご飯食べないですか?』

「いや、それはちょっと……」

正直勘弁して欲しい。花子さん的には「私の家でご飯食べない?」くらいの気持ちかもしれないが、何が哀しくて便所飯のお誘いなんて受けないといけないのか。

『トイレでご飯食べてる生徒、結構いるのですが。人によっては毎日』

「ごめんね、あんまその話、聞きたくないかなー」

久美子の表情が若干引き攣《つ》っている。

その気持ちは分からないでもない。うちの生徒の中にも、そういうヤツがいるというのは聞きたくなかった。

『なら話題を変えて……あの鬼はどうするつもりなのです？』

「爺ちゃん？　休み時間の間にちょっと調べて、今日の放課後にはやるってさ」

『わたしも昨夜調べてみたのですが、結局なにも出てこなかったのです』

「そりゃ当然じゃないか？　だって花子さんは、ここの主なわけだし。家主が探し回ったって、隠れた空き巣は警戒して出てこないって」

『なるほど。では、そろそろトイレに戻るのです。私が姿を見せれば「よくないもの」も大人しくしているかもしれません』

　警戒して出てこなくなるというのなら、それはそれでありがたい。甚夜が動く放課後までの間、巡視くらいはしておこうということか。

「そっか。……ありがとな、花子さん」

『いえいえ、これはわたしの役目。でも、感謝されるというのは気分がいいものなのです』

　そう言ってにっこり微笑み、瞬きの間に幼い娘は姿を消す。

　やはり自分は都市伝説運がいいと、夏樹は改めて実感した。

◇

けれど、少しばかりタイミングが遅かった。

みやかと薫は、お喋りしながらの昼食をとった。

中学の頃とは違い高校の食堂はスペースが広く、メニューも豊富で味も中々。みやかはいつも母のお弁当だが、たまに利用するのも悪くないかもしれない。

「あ、ごめん。ちょっと先に行っててくれる？」

「どうしたの？」

「お花摘み」

遠回しに言ったが、案の定通じていない。トイレと言い直せば、「じゃあ、私も」と薫がついてきてくれた。

都市伝説の件はあるが、まだ昼間だし使うのは一階の女子トイレだ。噂の場所とはかなり離れているので、別段危険はないだろう。そう、思っていた。

ドサリ。

洗面台で手を洗っていると、背後で物音がした。

振り返っても誰もいない。というか、音は個室の方からだったような。

「ねえ、今、変な音聞こえなかった？」

「あ、みやかちゃんも？」

薫も同じく振り返り、こてんと首を傾げている。

大きな物音ではなかった。続いて少女のか細い苦悶の声が聞こえてくる。

もしかしたらトイレの中で倒れた？　掠《かす》れた呻きに二人はそう考えた。
だから心配になって、そちらへ向かってしまう。
呻きは、三番目の個室から響いていた。

多くの説話において禁を犯した者は、鬼になったり精神がおかしくなったり、あるいは命を落としてしまう。

その意味でトイレの花子さんは古くからの仕来《しきた》りに則《のっと》った、理路整然とした怪異だ。だからたとえ物音や呻きが聞こえたとしても、ノックをしたり呼びかけたりしてはいけない。その呻きが、人のものであるとは限らないのだ。

そうと気付かずに、梓屋薫は女子トイレの三番目の個室をノックした。

「もしもーし、大丈夫ですか？」

中からドアが開いていく。まだ新しい校舎のはずが、何故か妙に軋むような音を立てている。

ゆっくりと、個室の中が見えてきた。

「あれ？」

確かに、物音は三番目の個室から聞こえてきた。呻きもさっきまで聞こえていたのだから間違いない。なのに、そこには誰もおらず——

「薫っ！」

「って、わっ⁉」

何かを考えるより早く、みやかは薫の手を取って走り出していた。

中学時代は女子バスケ部に所属していたため、足には相応の自信がある。少しでも早くそこから離れようと、一切振り返らず廊下を走り抜ける。

「ど、どうしたの、みやかちゃん⁉」

「話はあと。早く教室に戻るよ」

多分、薫には見えなかったのだろう。けれど、みやかは違った。洗面台の鏡に映り込んだ影を見てしまった。誰もいないはずの三番目の個室。そこから這い出た、鏡にしか映らない気色の悪いなにかを。

「逃げないと」

「だ、だからなにが？」

二人は脇目も振らず廊下を駆けていく。

「なにか」の正体は分からないが、背筋を通り抜けた怖気《おぞけ》に特別な力など持たない普通のみやかも理解する。目の錯覚などではない。あれは近付いてはいけない類のもの。人の世の理《ことわり》とは別の場所にいる、得体のしれない化生《けしょう》だ。

ぞわりと全身に広がる恐怖が、みやかを突き動かす。

空気が粘ついて重い。でも、早く早く、とにかく教室へ。そこまで行けば助かる。そこには彼がいる。だから逃げないと。

そうして辿り着いた教室の扉に手をかけ、一気に開ける。

「葛野くんっ！」

けれど、そこには誰もいなかった。

狭い部屋には、ぽつんと洋式便器があるだけ。

走って逃げた。なのに、みやかは教室ではなく何故か女子トイレの三番目の個室扉を開けていた。

「え……なん、で？」

ただ引っ張られるままになっていた薫も、ここに来てようやく異常さを感じ始めたようだ。

教室の扉を開けたと思ったのに、まだトイレの中。個室には誰もいない。掠れるような呻き声だけが反響している。

厠の語源は、設備の下に水を流す溝を配した「川屋」だとされる。同時に、川は現世と幽世《かくりよ》を分ける境界。つまり厠は、実在の世界に在りながら此岸と彼岸を結ぶ接点でもあった。

少女たちは、そういう場所に迷い込んでしまった。

薫はきょろきょろと周囲を見回している。何が起こったのか、まだ把握しきれていない様子だ。それが幸いした。何か変なところがないかを探すために既に動き始めており、おかげで三番目の個室から離れていた。

けれど、みやかは違う。あからさまに怪しいその場所を、じっと凝視していた。

だからまたも見てしまう。

便器の中からは無数の手が、生者を引きずり込もうと伸びてくる。

「ひぃ……」

消え入りそうな悲鳴、足が竦む。

どうにか逃げようと出口へ視線を向ける。

でも、一歩目は踏み出せなかった。

逃げ道は塞がれている。そこには白いシャツと赤い吊りスカートの、おかっぱ頭の幼い娘。

都市伝説に語られるトイレの花子さんが――

『さあさ、逃げるのです。わたしの可愛い生徒たち』

――そう、優しく微笑みかけて。

どん、と背中を押されるような感覚。

たたらを踏み、みやかたちは思わずよろけ座り込んだ。

気付けばトイレではなく廊下にいて、通りすがりの生徒たちが心配そうに二人を取り囲んでいた。


「葛野くんっ、いる!?」

教室の扉を開ければ、今度こそそこはいつも通りの風景。ただ、薫が少しばかり乱暴な開け方をしたため、何ごとかとクラスメイトの視線が集まった。

気にしている暇はない。みやかは窓際で雑談を交わしている男子生徒たちのもとへ一直線、そのうちの一人の手を強引に取る。

「どうした、梓屋、姫川」

「ごめん、ちょっと来て欲しい」

「ああ」

状況など全く分かっていないだろうに、甚夜は瞬き程度の間も置かず頷いて見せた。

昼休み終了のチャイムが鳴り始める中、躊躇いなく彼は教室を出て、みやかたちの方がその後を追う始末。あまりの即決具合に、助けを求めたこちらが戸惑ってしまうくらいだ。

「え、あの」

「急ぐのだろう？　詳しい話は道すがらで」

「……うん」

今はその反応の速さがありがたい。三人はA棟一階にある学生食堂、その一番近くにある女子トイレへ向かう。

怖いし、本音を言うとあまり近付きたくはない。ただ、便器から伸びる手をまともに見てしまったみやかとしては、彼の傍を離れるのはもっと怖かった。

「トイレの花子さんが？」

「そうなの！　なんでか分からないけど、一階のトイレで。教室に行ったつもりが、気付いたらまたトイレで。それで真っ赤なスカートの、トイレの花子さんが出てきて。どんっ、てなって！」

化け物を見ずに済んだ薫は、まだ余裕がある。だが説明はむちゃくちゃで、内容は欠片《かけら》も伝わってこない。結局、何も伝えられず女子トイレの前まで来てしまい、甚夜が改めてみやかに目配せをする。

「ごめん、私もあんまりよく分かってない。三番目の個室のトイレで物音が聞こえて、開けたらトカゲの化け物が出てきた。ううん、違う。そこには何もいなかったのに、鏡には映ったの」

彼女が見たのは鏡にしか映らない、三つの頭を持つ体長三メートルはあろう大トカゲ。

もう一つは、便器から伸びてくる数多の手。

どちらもおぞましく、思い出しただけで背筋が凍る。

「梓屋は？」

「うーん、私はそれ、どっちも見てないんだ」

薫はなにも見なかった。けれど奇妙な現象に巻き込まれたのは間違いない。

甚夜は一瞬だけ何かを思索し、おもむろに自身の掌の皮膚を食い破る。掌からかすかに血が滴った。

みやかは彼の行動の意味がよく分からなかったが、何かの準備らしい。

「では、すまない。梓屋は外で待っていてくれるか？」

「うん、分かった。頑張ってね！」

「ああ。姫川は、一緒についてきてくれ」

えっ、と短い声が漏れてしまう。

ちょっと予想外だった。てっきり自分も、外で待っていればいいものと思っていたのに。

「……ついて、いかないといけない？」

「そうして欲しいな。できれば、ではなく」

かなり怖い思いをした。できれば遠慮したいのだが、前回の赤マントの件で、甚夜が意味のないことをするような人ではないと十分に知っている。

つまりこれは、多分トイレの花子さんと対峙《たいじ》するうえで必要な要素なのだろう。

「……後ろに隠れてていいのなら」

考えに考えて出したぎりぎりの妥協点を伝えれば、穏やかに「勿論だ」と答えてくれた。

ならば少しは耐えられる、きっと。

お互いに納得し、ようやく甚夜は無警戒に女子トイレへと踏み込み、みやかもその後ろにぴったりとくっついたまま中の様子を窺う。

大トカゲも無数の腕もない。

いったいどこへ、などと考えている間に彼はどんどんと進んでしまう。

さらには何を考えているのか、三番目の個室の扉をいきなり蹴りつけた。

「花子さん、おいでください」

どごん、と響く大きな音。突然の暴挙にみやかは思い切り困惑していた。

甚夜は無表情で冷静に、花子さんを呼びながらドアを何度も蹴っている。

「な、なにしてるの？」

「見ての通り、花子さんを呼んでいる」

「えっと。それはそうかもしれないけど」

あまりに乱暴な手段に疑問を呈すが、彼は至って平然と返す。

「トイレの花子さんの原型の一つは、江戸時代の厠神であるとされている。厠神は福をもたらす神。本来花子さんは、さほど危険な存在ではないんだ。ただ今回は、馬鹿な男子生徒のせいで心ならずも彼女は自身の領域を離れた」

今回の件は、祟り神になったわけではないが、古い説話の再現と言えるかもしれない。

盗撮写真が出回ったせいで、花子さんは盗撮犯探しにトイレを抜け出す機会が増えた。その間隙を突く形で他のあやかしが棲《す》みつき、トイレにいる者を襲った。厠で禁忌を犯せば、魍魎《もうりょう》に襲われる。皮肉にも相沢剛は、厠神信仰における応報を体現してしまった。

トイレの花子さんの責任にはできない。結局は、バカな人間が怪異を呼び込んだ。お決まりと言えばそうなのだろう。

「それが、二人目のトイレの花子さん。いや、一緒にしては失礼だな。空き巣の真似事しかできない、神様気取りの矮小《わいしょう》な怪異……」

最後の一言がきっかけとなり、空気が一変した。

淀んだ不快な肌触り。響く掠れた声は、三番目の個室ではなくみやかのすぐ後ろから聞こえてきた。

何もないはずのそこに、甚夜が手を伸ばす。

多分彼は何かを掴《つか》んだ。反対の手には、いつの間にか赤い短刀を握っている。

奇妙な呻きが耳に届いた。

見なくても分かる、そこには何かがいる。

見てはいけない。

そう思う。なのに体は、操られたかのようにそちらへ振り返ってしまう。

「……君に憑《と》りついたモノの正体だ」

てらてらとした皮膚の大トカゲ。

悲鳴は上げられなかった。不気味な怪異が肩から顔を覗かせ、吐息のかかる距離にいる。それだけで全身が竦《すく》みあがり、声は出ず足も動かない。

今になって理解する。薫は大トカゲや伸びる数多の手に気付かなかった。最初から、この化け物はみやかに憑りついていた。だから彼女にしか見えなかったのだ。

「さて、これでトイレの花子さんの件も終わりだな」

先程見た数多の腕は、この怪異が見せた幻覚に過ぎなかったのだろう。

一瞬風が吹いたかと思えば、引きずり出された大トカゲは宙に舞い、振るわれた短刀がその身を裂く。

こうして散々恐怖を煽った化け物は、あまりに呆気なく霧散した。

盗撮犯や本物のトイレの花子さんが絡んだせいで少しばかり複雑ではあったが、蓋を開けてみればこんなもの。肝心の怪異は本当に弱く、甚夜には背中でみやかの視界を遮って斬りつける様を隠す余裕さえあった。

「……終わったの？」

「ん、ああ。すまないな、付き合わせて」

「それは、別に。私に憑りついてたって話だし……もう、大丈夫？」

爬虫類の化け物と、便器へ引きずり込もうと伸びてくる無数の手。分かりやすいトイレの怖い話を立て続けに見たのだ。表情の変化こそ薄いものの、みやかは内心かなりびくついていた。

「元々、まどわし驚かせるくらいしかできない弱い魍魎の類だ。それほど怯える必要もない」

「そっか。なら、よかった」

安堵からほっと息を吐くと、甚夜が温かな笑みを落とす。

昔は、便所で転ぶと三年たたぬうちに死ぬと言われていた。雑に扱えば鬼になる、河童に襲われる。とかく便所というのは、魍魎の多い場所だった。だが同時に、厠神を怒らせさえしなければさして危険はない。

「幸いここの守り神は、子供に優しいしな。後は彼女に頼むとしよう」

「え？」

甚夜がちらりとトイレの一角に目を向けた。みやかもそれにならって顔を上げ、赤い吊りスカートの少女を見つけたところで固まる。

『ふふ、任せるのです』

そこにいたのは、確かにトイレの花子さんだった。あやかしに取り憑かれてもトイレから抜け出せたのは、彼女の力添えがあったからなのだろう。

「ありがとう。どうやら、この子たちが世話になったようだ」

『気にしないでいいのです、わたしの可愛い生徒たちなのですから。それに、お礼を言うのはわたしの方なのです。ありがとう、子供たちを助けてくれて』

花子さんは、都市伝説とは思えないくらい明るく笑う。

盗撮犯を許し、みやかや薫を怪異から逃がしてくれた優しい少女だ。きっと、これからも生徒たちを見守ってくれるだろう。

しかし、みやかは花子さんから身を隠し、怯えてぶるぶると震えていた。

『おい、おまえ。わたし、なにかものすごく怯えられているのです』

「……まあ、考えてみれば、君はトイレの花子さん。怪談の代名詞だからな」

『えぇ、鬼より怖がられるとか納得いかねぇ』

多少締まらない結末となってしまったが、とにかくトイレの花子さんの事件は一応、解決に至った。

一人の少女に、ちょっとしたトラウマを作ってしまったが。

◇

「ありがとね。すっかりお世話になっちゃった」

久美子が甚夜に深々と頭を下げる。

盗撮犯の一件は、一応解決した。相沢剛はちゃんと約束を守ったようで、ネガを処分して後輩たちに売り捌かせていた分も可能な限り回収したようだ。これ以上、出回ることはないだろう。

自分も被害者だっただけに、久美子も安堵したようだ。

犯人である相沢は、無罪放免というわけにはいかない。久美子は許したが他にも被害者は多く、結局彼は自主退学を余儀なくされた。

いくら花子さんの望みでも、実際に盗撮された女子の意見よりも優先されていいはずがない。盗撮という卑劣な行為をしたのだから、相沢剛の末路は当然と言える。多額の慰謝料を支払うことになったが、退学だけで警察のご厄介にはならずに済んだのだから、彼は寛容な被害者たちに感謝しなくてはならないだろう。

「なに、気にしないでいい。正直、私の都合もあったからな」

「ああ、あの二人？　二人と仲いいもんね」

みやかや薫の盗撮写真を見て腹が立ったのも事実。敢えて否定はしない。それに、この少女の前で「怪異の討伐だけが目的」と語るのは憚《はばか》られた。

「とりあえず、依頼は終了だ。厄介ごとに巻き込まれやすい子だが、これからも夏樹と仲良くしてくれると嬉しい」

「あはは、お父さんみたい」

「付き合い長いからな。せいぜい、お爺ちゃん程度だとは思うが」

含みのある言葉で返したが、久美子はそこに踏み込まない。甚夜も彼女の正体には気付いているが、何も言わない。お互い夏樹を大切にしているからこそ、様々なことに見ないふりをする。

盗撮事件と共に、トイレの花子さんの件も解決した。

だが、みやかの方は多少、まだ爪痕が残っているようだ。この前は、花子さんが怖くて夜眠れず、芸術鑑賞会の時に爆睡するという真面目な少女らしからぬ失態を演じていた。

それでも数日が経ち、ようやく恐怖心も大分薄れてきたらしい。薫と一緒にトイレへ行く機会が増えたのは、多分指摘しない方がいいのだろう。

夏樹はというと、相変わらずの都市伝説運で色々と頭を悩ませている。

「爺ちゃん、大変だ。助けてくれ、都市伝説に絡まれてる」

『絡まれてるとは、失礼なのです』

「事実だろ。というか、ご自宅を留守にしててよろしいんですか、守り神様」

『こっちだって大変なのですよ、っていうか、正直助けてください』

昔から怪異に好かれる子だったが、寄ってくる怪異の性格が比較的良いのは救いと言えなくもない。トイレの花子さんは、今も時折抜け出しては夏樹のところへ遊びに来ているようだ。もっとも今回は、かなり切羽詰まった様子である。

「今回はどうした」

『実は、相沢少年がまた問題を起こしまして』

「退学後は通信制高校、というのに通っているのではなかったか？」

『勘違いしてそうですが、通信は物理的に通っているわけではないですよ。お前、ネット苦手ですか？』

退学になった相沢剛だが、花子さんは見捨てなかった。悩む彼の相談に何度も乗り、退学後の編入先をリストアップして最終的には通信制高校への編入を勧めたのだ。

今後は親に肩代わりしてもらった慰謝料をアルバイトで返済しつつ、通信制で高卒資格取得を目指すらしい。

『今や学校は、さまざまな形があるのです』

「そういうものか。で、問題というと、また盗撮か？」

花子さんが首を横に振って、疲れたように肩を落とす。

『いいえ。盗撮はもうしないと。代わりに、わたしのファンになりました』

「あれだけ親身になれば、そうなってもおかしくはないが」

『一度生徒になった以上は、わたしの宝ですからね。この学校にはいられなくても、学んでやり直して。これから頑張っていって欲しいものです』

本当はここの生徒でいさせてあげたかったのだろうが、今のご時世そうはいかない。それでも子供の守り神として、花子さんはできることをやった。

『まあ、その結果、今度はわたしの写真を撮らせてくれというのです。今度は盗撮ではなく、真正面から』

「しかも俺に、お前の知り合いなんだろ？　説得してくれ、とか頼んでくるんだよ。しつこいのなんの」

『まったく、相沢少年もなんでわたしなんかの写真を欲しがるのか』

「まあ、そこは不思議じゃないけどさ。花子さんが可愛いのは間違いないし」

『……夏樹少年も、なかなかタチが悪いのです』

多くの創作物において、トイレの花子さんは美少女や萌え系の可愛らしい絵柄で描かれているが、実はそこにはちゃんと論理的な理由がある。

トイレの女神さまといえば、で想像する女神は人により差異があるだろう。弁財天やハニヤスヒメ、大便を運ぶ「金《きん》かつかねの神」、みな心優しく麗しい姫君たちだ。

ミズハノメもまた『日本書紀』に出てくる美しい女神で、罔象女神《みつはのめのかみ》と表記される。この女神は人間の前に現れる時、うるわしい乙女の姿をしているという。また、「ミズハ」には「罔象」の字が宛てられているが、これは中国の文献において、龍や小児（小さな女の子）などの姿をした水の精であると説明されている（その分、他の厠神よりも若干妖怪や幼子としての特性が強い）。

とすれば、トイレの花子さんもまた水の精霊を思わせる可憐な容姿であり、龍神属性を持った幼い娘だといえる。

また、彼女は赤い吊りスカートをはいて、おかっぱ頭の女の子の姿をしているが、これにも由来がある。多くの文献において彼女の服装は粗末と言われているが、この服装は多少時代遅れとはいえ元々はモガたちがこぞって着たオシャレ衣装で、それを小学校の制服として採用しているところも多い。ならば彼女は、真面目に制服を着ているだけだ。

付け加えると、厠の神は徳が高いとされる。トイレは汚いから神様も嫌がる。しかし心優しい女神が、率先してそこを守護すると言い出した。このような説話は、各地に残されている。

総合すれば、トイレの花子さんは龍神属性を持ち、花のように可憐な娘でありながら人の嫌がることを進んで引き受ける、心の綺麗さまで持ち合わせた制服姿の女の子ということになる。

つまり、トイレの花子さんは美少女である。

論理的に考えれば、そこにしか行き着かない。

永久に年を取ることがなく、慈愛の心で生徒たちを怪異から守ってくれる、花のように可憐で水のように清らかな麗しき都市伝説系スクールアイドル。それが、トイレの花子さんなのだ。

相沢剛のように、その麗しき姿を写真に収めたいと思う者がいても不思議ではない。

「もう、二、三枚撮らせて納得させた方が早くない？　かわいい生徒の頼みだぞ」

『だとしても、あんな分かりやすいアイドル服なんぞ着れないのです。勘弁してください』

撮ったところで心霊写真にしかならないと思うが、それは言わぬが花というやつだろう。

「……まあ、なんだ。そういう話なら夏樹の方が得意だろう」

「ちょ、爺ちゃん丸投げする気か⁉」

「人聞きの悪い。信頼というやつだ」

甚夜は小さく笑みを落とし、わやわやとじゃれ合う夏樹と花子さんに背を向ける。

決して呆れたのでも逃げるわけでもない。文句を言いつつ二人は結構楽しそうなので、邪魔するのも悪いと思っただけだ。

「ああ、そうだ。ちゃんと根来音にも気を遣ってやりなさい。あれは、なかなかいい娘だぞ」

「いや、そんなの俺が一番知ってるし。……じゃなくて、別に俺らそういう関係じゃ」

『なんですか、そういう話なのですか？　なんなら恋愛相談してくれても構いませんよ』

「あのね、花子さんも妙な絡み方をしないでね」

『そして、代わりに相沢少年をどうにかしてください』
「結局そこかっ⁉」
これでトイレの花子さんの話はおしまい。
優しいけど怒ると怖い、花と子供の女神様。
生徒を見守り人知れず助け、でも、アイドル扱いはごめんなさいなご様子だ。
トイレの花子さんに押されて、夏樹はたじたじになっている。
正体さえ考えなければ、仲良しな兄妹に見えて微笑ましい光景だ。
夏樹は今後も、こうやって都市伝説とうまく付き合っていくのだろう。

この物語はフィクションであり、実在の人物、店、企業、団体等には一切関係ありません。

中西モトオ（なかにし もとお）

愛知県在住。WEBで発表していた小説シリーズ
『鬼人幻燈抄』でデビュー。

夏《なつ》樹《き》の都《と》市《し》伝《でん》説《せつ》集《しゅう》

鬼《き》人《じん》幻《げん》燈《とう》抄《しょう》　番《ばん》外《がい》編《へん》

2024年8月31日　第1刷発行

著　者　中西《なかにし》モトオ

発行者　島野浩二

発行所　株式会社 双葉社
〒162-8540 東京都新宿区東五軒町3-28
電話 営業03(5261)4818
編集03(5261)4844

印刷所　中央精版印刷株式会社
製本所　中央精版印刷株式会社

ISBN978-4-575-24763-3　C0093　
定価はカバーに表示してあります

双葉社ホームページ　http://www.futabasha.co.jp/
（双葉社の書籍・コミック・ムックが買えます）